예지몽 꾸는 세실리아

예지몽 꾸는 세실리아

ⓒ 세실리아. K, 2023

초판 1쇄 발행 2023년 7월 10일

지은이   세실리아. K
펴낸이   이기봉
편집   좋은땅 편집팀
펴낸곳   도서출판 좋은땅
주소   서울특별시 마포구 양화로12길 26 지월드빌딩 (서교동 395-7)
전화   02)374-8616~7
팩스   02)374-8614
이메일   gworldbook@naver.com
홈페이지   www.g-world.co.kr

ISBN   979-11-388-2085-1 (03810)

세실리아. K

예지몽 꾸는 세실리아

새하얀 빛의 공간에서 받은 구원자 명단

좋은땅

들어가는 말

·· 미지의 세계 ··

빛 속의 세상인 듯 그곳은 빛을 발산하고 있었다.

'미지의 세계에서 전해 주는 이야기'

어느 날 꿈속 성경 해독가라고 소개한 분이 말해 준 "사건과 날짜"

그날에 실제로도 사건이 일어나면서 내가 겪었던 미스터리한 모든 이야기가 기억 속에서 살아났다. 당신도 꿈꾼 적 있거나 들었던 신비한 꿈 이야기는 어쩌면 또 다른 세계에서 우리가 꼭 알아야 할 무언가를 지속해서 알려 주고 있는지도 모른다. 많은 사람에게 알리라는 계시가 있어서 그동안의 꿈을 그림과 함께 공유한다.

예언자는 빛으로 가는 길을 안내하는 안내자이다. 나는 감히 예언자라고 칭할 수 없을 만큼 평범한 사람이나 내가 들려줄 이야기는 절대 평범하지 않다.

어느 날 어둠 속 저편에 몰입될 수 있게 빛은 한 사람을 비추고 있었다. 그가 내 앞에 서서 말했다.

"나는 성경 해독가입니다."

서양인의 외모를 한 그분은 진지함이 보이는 표정으로 가슴에 품고 있던 성경을 쭉 훑어보다가 어느 페이지에서 멈췄다. 그리고 어떤 일이 일어날 거라고 말했다. 그 텅 빈 곳의 무거운 분위기와 들리는 중저음 목소리가 절묘하게 합쳐져 나를 압도시키며 그 공간을 채웠다. 무언가 중요한 이야기를 해 줄 것 같아 한껏 긴장한 나는 그에게 물었다.

"세상이 멸망하나요?"

나지막한 목소리로 그분은 말했다.

"7월 22일 열차가…."

그리고 한 날짜를 더 말해 주었다.

"4월 20일 세실리아가…."

어떤 장면과 함께….

그리고 나는 "딸랑딸랑" 새소리처럼 맑게 귀 가까이에서 울리며 멀어지는 방울 소리에, 꿈에서 깨었다. 꿈에, 공간에 제압되어 깨어난 후에도 실제 누굴 만나고 온 듯 생생한 긴장감이 몸에 실려 있었다. 그리고 얼마 뒤 성경 해독가가 말해 준 날짜에 정확히 열차 사고가 나면서 내가 꿈꾸었던 모든 예지몽이 기억 속에서 살아나며 온몸이 소름 돋게 나를 휘감았다.

"사건이 일어나기 전 혹시나 무슨 일이 일어날까 두려움에 어떻게 해야 할지 몰라 신부님께 여쭈어본 메일이 존재한다." -메일 전송 일자 2014년 6월 17일-

-2014년 7월 22일 오후 태백 열차 충돌 사고-
제1637호 청량리발 강릉행 무궁화호 열차와 제4852호 제천발 서울행 중부내륙순환열차(오-트레인)가 충돌했다. 탑승객 1명 사망, 93명 크고 작은 부상

대지 위에 작은 씨앗이 스며들어
찬란하게 아름다운 꽃을 피웠다.

처음엔 작디작고
아주 작은 씨앗에 불과하여
그 색조차 상상할 수 없었다.
그 씨앗이 피운 꽃은
저 우주에서부터 내려오는 강렬한 태양의 빛을 받았고
하늘에서부터 내려온 생명의 물을 맞고
동그란 지구 저 어디에선가부터 불어온 바람으로
자신이 맺은 씨앗을
퍼트렸다.

나의 이야기는 작은 씨앗에 불과하나
그 씨앗이 누군가의 마음에 빛나는 열매를 맺길 바란다.
나의 이야기에 하늘의 바람이 그 기운을 불어넣어 주기를….

"마음의 여유를 가지고 보면 보이는 신이 주신 찬란한 빛이 머무르
는 세상"

나에게는 가까이 지내는 지인이 많지만, 나에 대해 잘 아는 이는 없
었다. 내 이야기를 누구에게 하는 것이 익숙하지 않았다. 말주변이 없

었고 흥미 있는 이야기가 아니면 쉽게 꺼내기 망설여졌다. 그래서 타인의 이야기를 들어주는 게 편했고 순수했던 나는 타인의 감정에 이입을 잘하는 편이어서 그런지 곁에 있는 사람이 울면 어떤 이유에서 우는지 영문을 몰라도 보이는 슬픔이 마음 아파 같이 울어 버리곤 했다.

그런 나여서 눈치도 많이 봤다. 아마도 4남매 중 둘째로 태어나서 그렇게 성장하게 된 건지도 모르겠다. 트러블을 만드는 게 싫어서 적당히 눈치 보며 내가 조금 손해 보더라도 평화로운 관계를 위해 노력하곤 했다. 평화를 바랐던 삶은 행복했지만, 때론 죽고 싶어질 정도로 감당하기 힘든 현실이 있었고….

그런데 타고난 천성인지 어릴 때부터 타인을 기쁘게 해 주는 게 행복했던 나는 죽고 싶고 앞이 보이지 않는 어둠 속에서도 나의 죽음이 부모님의 심장에 못 박는 것과 같은 슬픔을 만들고 싶지 않았다. 누군가의 이야기를 들어주는 게 편했고 나의 슬픔으로 인해 나와 같이 있는 타인이 슬퍼지는 게 싫었다.

힘들어도 혼자 감당했고 내 심장 속에, 내 살 속에 슬픔을 묻었었다. 나를 사랑해 주고 걱정하는 이들이 괜찮냐고 물으면 아무 생각 없는 것처럼 웃곤 했지만….

사실 난 괜찮지 않을 때가 많았다. 자주 악몽을 꾸었고 지우고 싶은 기억들은 수십 년 동안 기억 속에서 되풀이되고 나의 꿈을 향해 펼쳐야 할 날개는 꺾여 펼치기 어려웠다.

마치 삶은 누군가 짜 놓은 각본 속에서 사는 것처럼 인연은 운명인 듯 엮여 때론 나에게 경험해 보지 못한 행복을 주기도 했고 심장이 사라져 버릴 것 같은 슬픔을 주기도, 침묵을 강요하기도 했다.

돌이켜 보면 우연이란 없는 것처럼 드라마 각본처럼 짜여 있는 듯하다. 겸손하게 감사하며 살아야 한다는 세상을 만든 신의 계획인 듯 퍼즐 조각이 맞듯이 맞아 갔다.

다수의 예지몽을 꾸었고 놀랍게도 실제와 맞는 일들과 중대한 사건도 날짜까지 정확하게 맞는 일이 많았다. 각자의 믿음을 봉사로써 꽃을 피우듯이 나 또한 흘려보낼 수 없는 계시가 있어 예지몽에 대한 글을 쓰며 나의 꽃을 피워 본다.

이 글을 보는 이들에게도 가슴속 아름다운 꽃들이 피길 바라는 바람으로….

또 다른 세계

현대인들은 물질적인 현실에 관심이 높으며 과학적인 세계관으로 살아야 한다는 과학 정보들이 지배적이다. 그러나 세상엔 과학적으로 증명되지 않는 미스터리한 일들이 무수히 많이 일어나고 있으나 들여다보길 꺼린다. 그러한 현상들에 사람들은 놀라워하지만 금방 현실을 바쁘게 살아가야 하는 현대인들에겐 그러한 현상들 또한 인스턴트식품처럼 쉽게 재미로 들어 보고 즐기고 마는 게 대부분이다.

나 또한 그렇게 삼십여 년을 살아온 사람이다. 바쁜 출근길에 전해오는 교회 소식지는 들고만 있다가 쓰레기통에 버리기 바빴다. 남들처럼 돈 잘 벌고 잘 쓰는 것에 관심이 높았으며 마음 맞는 지인들과 좋은 시간을 보내는 재미에 빠져 살았었다.

다만 나에게 조금 다른 점이 있다면 풀리지 않는 인생 숙제 속에 기도로써 그 해답을 찾아가는 그뿐 나에게 종교적 믿음은 그다지 특별한 것이 없었다.

그런 나에게 현실에 명확하게 보이지 않는 미지의 세계에서 여러 현상들을 체험하게 되며 기적들을 경험하게 되었다.

신비로운 차원에서 전해 오는 이야기들은 현실이 중요했던 나에게 그 세계를 들여다보게 했다.

'보아야 보이는 세상'

'믿어야 알게 되는 세상'

'죽음으로 끝나지 않는 영의 세계'

'순백의 묘한 빛을 내며 빛의 속도보다 빠르게 단숨에 이동할 수 있는'

'또 다른 세계이다.'

진정한 과학은 이 세계를 탐구해야 한다. 미지의 세계 또한 우리가 사는 세상과 긴밀한 관계 속에 공존하고 있다.

꿈의 세계

꿈은 왜 꾸게 되는 것일까?

잠자는 동안에 깨어 있을 때와 마찬가지로 여러 가지 사물을 듣고 보는 정신 현상, 헛된 기대나 생각.

국어사전 검색 결과처럼 일반적인 정신 현상이 아닐 때가 간혹 있었다. 나에게 일어난 현상을 과학적으로 설명할 수 없었다.

어릴 적 나는 꿈속에서 날아다니는 꿈을 자주 꾸었다. 어떨 땐 자유롭게 날기도 했고 어떨 땐 무서운 존재로부터 도망가기도 했다.

그러다 성인이 되었을 때쯤엔 톱스타와 설레는 입맞춤을 하기도 했지만 바쁘게 살아서 그런지 내 꿈이 그다지 특별하다고 느낀 적은 없었다. 그러다 어느 때부터 시작되었는지 모를 예지몽과 신의 음성을 듣기도 하고 신을 만나기도 했으며 죽은 자들의 모습이 보이기도 했다.

만약 이런 일들이 빈번하게 지속되었다면 나는 일상생활을 하기 어려웠을 것이다. 다행히도 아주 가끔 일 년에 두세 번 정도 보이기 시작했다.

현세와 다른 세상에서 나에게 무언가 중요한 걸 계속 이야기해 주었다.

어느 날 꿈속에서 만난 성격 해독가라고 소개한 분이 일어날 일들의 날짜까지 정확하게 알려 주면서 나를 통해 무언가 알리고자 한다는 걸 알게 되고 살면서 겪었던 미스터리한 일들과 마주하게 되었다. 꿈꾼 것을 쓴다는 것은 막연했다. 누군가에게 꿈 이야기를 진지하게 꺼낼 수도 없었다. 허상을 이야기하는 실없는 사람처럼 보일지도 모르기 때문이다. 그러나 막연하고 어렵게 느껴지는 일을 꼭 해야만 하는 꿈들이 지속되면서 나만 알고 잊어버리면 되는 일이 아니라고 결론짓게 되었다.

이 글은 그래서 낸 용기이다.

빛을 머금은 세상이라고 해야 할까?

빛을 발산하고 있는 곳이라고 해야 할까?

내가 다녀 본 6개국 세계 어디에서도 보지 못했던 그런 다른 차원인 빛의 세상에서 그곳을 장악할 만한 힘 있는 울림이 있는 신의 목소리가 들려왔다.

"너는 가서 많은 사람에게 알려라."

그 경이로운 목소리가 전한 이야기는 사랑으로 가득 찬, 영원히 잊을 수 없는 메시지였다.

세상은 수많은 순환 속에 살아간다. 쳇바퀴 도는 삶같이 느껴지지만 내가 누군가를 슬프게 했다면 반드시 내가 만든 슬픔이 다시 나에게로 돌아온다. 반면 자신이 행한 선한 행동 또한 좋은 일로 다시금 자신에게로 돌아온다. 세상은 불공평하다 느껴지지만, 우리가 죽고 나서 또 다른 세상이 존재함을 알게 된다면 좀 더 깊이 있는 생각을 갖고 살아가게 될 것이다. 착한 사람들이 살아가기엔 억울한 세상 같다고 느껴지지만 이 세상이 끝이 아니라는 사실이 자신이 지키고 살아간 선한 마음에 잔잔하게 불어오는 태양의 기운을 머금은 따스한 바람이 살갗에 닿는 것과 같은 마음의 위안이 될 것이다.

이 글에는 다른 세상이 존재함을 알게 되면서 겪었던 사실들을 서술하였다. 경험하며 느꼈던 놀라움들을 풀어놓은 글이라 일기라고 볼 수 있을 정도로 읽힐지도 모르겠으나 꾸며 낸 이야기가 아니라 전부 사실들이라는 것을 강조하고 싶다.

우리가 지금, 이 세상을 바르게 살아가야 함이 다음 세상으로 나아가는 귀중한 시간이라는 것을….

누구든지 참되게 산다는 것은 남을 위해서도 아니고 결국 자기 자신을 위한 일이라는 것을 기억해야 한다.

나비의 번데기는 겉보기엔 죽은 듯 보이지만 번데기 속에서는 다양한 화학반응이 일어나서 몸 전체를 완전히 재변형하는 과정을 거친다. 나풀나풀 날아가는 하얀 나비는 어릴 때와는 전혀 다른 형태로 변화한다. 어쩌면 인간인 우리도 생의 마지막 때에 몸은 죽은 듯 차디차게 굳고 그 어떤 움직임과 생기도 잃게 되지만 심장 가까이 어딘가에 자리 잡고 있던 영혼은 육체일 때와 완전히 다른 형태로 재변형되어 나풀나풀 나비처럼 어디론가 날아가게 되는 것일지도 모른다.

그런 게 아니고선 나에게 일어난 일을 설명하기 어렵다.

이를테면 돌아가신 할머니가 97년 일생에 마지막 날을 살고 있는 할아버지를 데리러 온 것을 내 꿈을 통해 알게 되었고 그렇게 마지막 날을 숨 쉬고 살아 있던 할아버지는 수년 전 먼저 돌아가신 할머니 영혼과 좋은 곳으로 가셨다. 나비처럼….

육체는 생기를 잃고 식어 갔지만….

"대자연의 아름다움을 지닌 나라에서 나는 꿈을 통해 또 다른 세상과 만났다."

길가에 피어 있는 꽃을 어릴 때부터 좋아했었다. 1990년대 경기도의 시골길에는 다양한 종류의 꽃이 피어 있었고….

누군가 심어 놓거나 가꾼 것도 아닌데 길가에 핀 꽃은 자기 몫을 잘

해내고 있는 듯 보였다.

병아리의 귀여운 노란색을 닮은 민들레는 누가 디자인했을까?

초록 초록한 잔디와 생기 있게 피어난 잡초 사이에 샛노랗게 그 공간을 더 사랑스럽게 만들어 주는 민들레는 무수히 많아 보이는 꽃잎 여러 장이 균형 있게 꽃 화분에 꽂혀 있다.

작은 꽃이 가진 생기 있고, 잎 하나하나 잘 정돈되고, 세밀한 잎에 선들이며…. 어떤 장인도 똑같이 표현할 수 없을 것이다. 그리고 따스한 햇살을 받으며 사랑스럽게 웃던 민들레는 하얗고 보드라운 병아리 털로 변신해 저 멀리 날아갈 준비를 한다.

길가엔 저마다 자신의 이야기를 들려주듯 들꽃은 종류별로 형형색색이고 자로 잰 듯한 꽃잎의 배열과 균형 있게 피어 있는 꽃잎들은 그 자체만으로도 아름다워지고 보는 이의 마음도 꽃피우게 했다.

한 송이 한 송이 저마다 아름다움을 발휘하며 핀 꽃은 어린 내 마음을 설레게 했다.

꽃을 보고 있으면 꽃이 나를 동화 속으로 데려다줄 것처럼 느껴졌고 나의 마음속 순수함을 깨워 주었다. 어리고 순수한 여자아이는 자라나 어른이 되어 순수한 어린아이의 마음은 어른이라는, 세상이 바라는 프레임 속에 갇혔다. 그리고 오롯이 나만 알고 살 때인지 바쁘게 살아서인지 한동안 좋아했던 들꽃이 눈에 들어오지 않았다.

마치 세상에서 사라진 것처럼….

그러다 결혼하고 아이를 낳고 아이가 가져다준 티 없이 맑은 순수함이 내 어린 시절 순수함을 깨운 것일까? 생각할 수 있는 시간이 생기고

나서일까? 순수한 아기의 표정에 물들어 버린 것일까? 마음의 여유가
다시 생긴 걸까?

 '난 다시 들에 핀 꽃에 설레게 되었다.'

☾·· 차례

들어가는 말 - 미지의 세계 / 5

Story 1 꿈에서 만난 성경 해독가 / 17

Story 2 꽃을 좋아하는 평범한 아이 / 35

Story 3 기도의 신비 / 43

Story 4 예지몽 / 69

Story 5 돌아가신 친구 아버지가 나의 꿈속에 찾아오셨다 / 99

Story 6 세례의 신비 / 107

Story 7 사이비 종교 / 123

Story 8 막내아들의 태몽 그리고 구원자 명단 / 147

Story 9 나의 꽃 / 167

덧붙이는 기록 / 223

Story 1
꿈에서 만난 성경 해독가

세월이 흘러도 세상은 크게 변하지 않는다.
돌고 도는 지구처럼, 돌고 도는 계절처럼,
돌고 도는 하루하루처럼….

세월이 흘러도 세상은 크게 변하지 않는다.

돌고 도는 지구처럼, 돌고 도는 계절처럼, 돌고 도는 하루하루처럼….

많은 사람들이 의무교육을 받으며 성장하고 있고, 현 세기 과학은 비약적인 발전을 거듭하고 있지만 여전히 식량부족으로 굶주린 사람들이 많으며, 전쟁과 사고, 범죄자들은 계속해서 발생한다. 그럼에도 불구하고 많은 사람들은 자신의 도덕성을 잃지 않고 성실하게 살아가는 사람들 속에서 우리는 살아간다. 무언가 큰 틀이 존재하는 듯, 전 세계 약 79억만 명 다양한 사람들이 살아가는 세상 속 보이지 않는 규칙이 존재하는 듯 보인다.

이런 세상을 만든 신의 계획이 무엇일까?

자연의 작은 생물 하나 불필요한 것이 없다. 하물며 인간은 새처럼 날지 못하나 비행기를 만들어 새 위를 날 수 있으며, 치타보다 빨리 달릴 수 없으나 치타보다 빠른 이동 수단을 만들어 사용한다. 더 나은 생각과 지혜를 가진 존재로 많은 것들을 다스릴 능력이 있어 보인다. 그러나 그런 인간도 해일, 지진, 화산 폭발과 같은 천재지변 현상에 속수무책으로 수많은 사람들이 피해를 입는다. 마치 세상을 만들었을지 모를 신 앞에 겸손해야 하는 것처럼 말이다.

그런 인간이 이 땅에서 해야 할 일은 무엇일까?

신은 무엇을 바랄까?

대자연의 아름다움을 지닌 나라에서 나는 꿈을 통해 또 다른 세상과 만났다.

예지몽 꾸는 세실리아

-현실에서 일어날 사건 사고를 꿈에서 만난 성경 해독가가 날짜와 일어날 사건의 암시를 이야기해 주었다. 아마도 인간을 만들었을 신은 많은 이들을 간절하게 기다리고 있는 듯하다-

이과수 폭포-세계 3대 폭포 중 하나로 폭포 좌우 폭은 2.7km에 달하며, 평균 낙차 70m 정도의 폭포 270여 개가 장관을 이루고 있다. 둘째 아들을 출산한 딸의 산후조리를 도우러 한국에서는 지구 반대편인 먼 타국 브라질까지 와 준 엄마를 위해 떠난 이과수 여행 중 찍은 사진

2012년 1월 하늘에 구름은 거대하게 컸고 구름 속 뛰어노는 천사들이 보일 듯, 손에 닿을 듯한 하늘과 가까운 곳, 해발고도 약 800m의 고원지대에 위치한 브라질 2대 도시, 브라질 상파울루 도시 하늘 아래 서 있었다.

결혼하고 아이를 낳고 나니 하고 싶은 일도, 하던 일도 중단해야 했다. 나는 대학 때 산업디자인 학과를 전공하고 졸업 후 대기업에 근무하며 크고 작은 디자인 프로젝트에 참여했지만, 관리자로서 직접 디자인에 참여한 것은 극히 일부에 불과했고, 회사의 운영에 전반적인 일을 관리하는 평범한 직장인이었다. 회사 생활에 최적화된 사람처럼 나는 회사 생활이 내 성격과 맞았다. 어딘가에 소속되어 매 프로젝트에서 역량을 발휘하고 때론 인정받기도 하고 때로는 묵인되기도 하고 엉망진창 무능한 것만 같은 결과를 만들기도 했지만, 팀원들과의 사이가 좋았으며 어떠한 일을 함께 조직을 이루어 해 나가는 일들에 매료되었다. 그러다 갑자기 생긴 아이는 나의 모든 생활을 바꿔 놓았다. 거기에 더해서 내가 육아휴직 후 회사 복귀를 준비할 때쯤 나를 훼방이라도 하듯 남편은 다른 계획을 꿈꾸고 있었다.

포르투갈어를 전공하고 브라질에서 유학 생활을 했던 남편은 브라질에서 일하고 싶다며 다니던 대기업에 사표를 내고 처음 들어 보는 회사에 브라질 주재원으로 지원했다.

"그렇게 원한다면 도전은 해 봐."라고 말한 건 나의 실수였다. 브라질에서 근무할 주재원을 뽑던 지방의 중견 회사는 외대 포르투갈어 전공자에 브라질 교환학생 경험이 있어 현지 사정을 잘 알고 있었고, 대기업에 근무하며 해외 사업 관리를 맡고 있던 남편의 이력상 그 일에 적임자였을 것이다.

무언가에 홀려서 간 것처럼 평범할 수 있었던 삶이 결혼 후 서울에서 살림을 시작한 지 2년이 채 되지 않은 신혼에, 브라질에서 해외 생활을 하게 되었다.

예지몽 꾸는 세실리아

고향 땅을 벗어나 살아가는 것은 누구에게나 쉽지 않은 일이다. 언어와 문화가 다른 곳, 아는 사람 하나 없는 곳에서의 생활은 하얀 도화지 위에 나와 남편, 그리고 아이만 덩그러니 서 있는 듯했다. 남편과 아이를 제외하고 만나는 모든 사람은 처음 보는 사람들이고 언어 또한 영어도 어려운 나에게 포르투갈어는 외계어같이 들렸다. 1달 정도 과외를 받았지만 그 정도는 인사나 마트에서 물건을 구매할 수 있을 정도에 불과했다. 차도 없으니 마트에 가는 것부터 병원 가는 일 등 소소한 일상까지 남편에게 의지해야 하는 어린아이가 되었다.

남편이 소개해 주는 회사 동료들과 어학연수 온 외대 후배들이 가끔 대화 상대가 되어 주었지만 나와 직접적으로 연결된 사람들이 아니었기 때문에 그들은 간간이 내 질문에 답해 주는 정도였다.

유일하게 모든 시간을 함께해 주는 이는 16개월 된 아들이었다.

모든 걸 다 알아주는 엄마가 옆에 꼭 붙어 있으니 아이는 말이 느려졌다.

원래 수다스러웠던 사람이 아니었던 나는 "빵", "물", "쉬", "똥" 정도의 언어를 말할 줄 아는 아이와 많은 대화를 할 수 없었다. 그래서 책을 읽어 주는 것과 놀아 주는 것, 미술을 전공한 덕에 그림을 그리는 환경을 자주 제공해 주는 것뿐 우리에겐 대화가 적었다. 게다가 처음 2년 동안 살았던 도시엔 거주하고 있는 한국인이 없었다. 아이를 어린이집에 보내는 시간에 나도 그곳에서 아이와 함께 배우고 싶을 정도로 나는 외로운 어린아이 같았다.

남편은 새로운 회사에서의 시작이었고 브라질에서 공장을 설립해야 하는 일을 진행해야 하는데 회사에서 파견된 네 주재원 중 유일하게 포르투갈어를 구사할 수 있었다. 다른 직원들 집 알아보는 것부터 차량 구입, 핸드폰 개통 등 모든 부분을 혼자 감당해야 했기 때문에 남편이 집에 있는 시간은 적었고 집에 있는 적은 시간조차 전화기를 붙들고 있었다.

사실 하얀 종이 위에 놓인 건 나 혼자였을지도 모르겠다.

친구도 많았고 친정 식구도 딸 셋에 아들 하나 중 둘째로 늘 시끌벅적한 공간에 함께하는 이들로 북적였던 내 삶의 풍경에서 이곳은 주변에 산도 보이지 않고 차로 도로를 달리면 지평선이 양옆으로 보이는 한적한 시골에 외로운 나였다.

혼잡함 속에 살던 나의 마음은 수평선과 서서히 평행을 이루어 가는 듯했다.

눈 마주치는 이마다 인사를 건네 오는 이들의 눈빛이 다정하게 다가왔고 수백 살은 되어 보이는 나무들이 흔하게 자리하고 있는 풍경이 신비로웠다. 또한 내가 어릴 적부터 좋아했던 벌새는 마치 피터 팬에 나오는 팅커벨 요정처럼 사랑스러웠는데 정원의 꽃에서 종종 벌새를 마주할 수 있었다. 브라질의 상쾌하고 맑은 공기와 따뜻한 날씨는 혼란스럽고 복잡했던 내 마음도 깨끗하게 정화되어 가고 있는 듯 느껴졌다.

하느님께서 나에게 들려주고 싶은 이야기가 있으셔서 조용히 나를 이 먼 나라에 부르셔서 내가 이곳에 살게 된 것일까?

자연의 원색의 아름다움이 있는 나라,

신이 만들었을 거대한 자연이 살아 있는 곳에서 나는 신비로운 꿈을 꾸었다.

'꿈속에서 누군가가 나에게 들려주고픈 이야기'

신이 나에게 이 세상에 알려야 할 메시지들을 꿈이라는 세계를 통해 보여 주고 말해 주는 듯하다.

정해진 운명이 있는 걸까? 아님 사랑하던 사람이 갑작스럽게 죽고 그가 먼저 알게 된 삶 이후의 세계를 알려 주는 걸까?

꿈은 나에게 다른 세계의 이야기를 보여 주고 들려주었다.

조금 순수할 뿐 지극히 평범한 나에게 여러 번의 꿈이 현실과 연결되었다.

2013년 12월 나로서는 감당하기 어려운 꿈을 꾼 뒤라 예지몽을 꾼다는 게 신기하기도 하지만 겁이 많은 나에게 꿈이 현실로 일어나는 일은 무섭고 두렵기까지 했다.

같은 해 12월 말쯤 꾼 꿈은 마치 깨어 있을 때처럼 정신이 선명했다.

꿈속 공간은 뿌연 구름이 내려앉은 듯한 곳에서 촛불을 켜 놓은 정도의 은은한 밝기가 머무는 곳에 한 남자가 서 있었다. 서양인의 얼굴에 턱수염이 명치에 내려올 정도로 길었고 공간의 분위기는 엄숙했다. 그는 "성경 해독가입니다."라며 친절히도 본인이 누구인지 밝혔다. 음성의 전달은 앞에 있는 남자의 입 모양 움직임 없이 전달되었다. 말한 것이 아닌데 전달된 음성이다. 남자분은 우리가 보는 성경에 비해 4배 정도 큰 성경을 들고 있었고 책을 펼쳤다. 성경책은 마치 아주 오래전 성경책 같아 보였다. 현재는 사람들이 들고 다니기 쉽게 하기 위해 손바닥보다 조금 큰 크기로 발행되고 있으나 꿈에서 나온 성경책은 오래전 사용하던 성경책 같아 보였다. 그리고 성경에서 무언가 해독해 내듯 쭉 페이지 여러 장을 넘기며 성경책을 보더니 고개를 들어 나에게 말했다. 나지막한 음성에 진지한 어투로 어떤 일이 일어날 날짜를 알려 주었다. 7월 22일 어떤 일이 일어난다고 했다. 묘한 분위기에 매료되어 그분이 나에게 엄청난 사실을 말해 줄 것만 같았다. 그래서 나는 긴장된 말투로 "세상이 멸망하나요?"라고 조심스럽게 물었다.

꿈속에 성경 해독가라는 분은 "열차가…."라는 말만 남겼고

그 남자분은 또 다른 날짜를 말해 주었다.

"4월 20일"이라고 나지막한 음성으로 말하니 한 장면이 펼쳐졌다. 단숨에 꿈속 공간에 다른 장면이 보였다. 보이는 모습은 마치 구름이 가져다준 장면처럼 뭉게뭉게 하얀 구름 속, 한 여자가 갓난아기를 비스듬히 안고 있었고 들리는 음성이

"세실리아가 낳은 아들이…."였다.

그리고 선명한 꿈은 내가 꿈속 기억을 잊지 않게 하기 위한 것처럼 현실로 깨어나게 했다. 꿈에서 깨어날 때 새벽 6시쯤이었으며 놀랍게도 종소리에 깼다.

선명하게 맑고 청아하게 생명력이 있는 것 같은 딸랑거리는 소리는 귀 가까이에서 들리다가 점점 멀어지더니 마치 골목 넘어 어느 집 문에 붙어 있을 복이 들어온다고 걸어 놓은 종소리같이 들렸다.

"딸랑딸랑"

세례 받은 지 며칠 지나지 않아서 세례 받을 때가 가까운 날에 신부님이 골라 주신

'세실리아'라는 세례명….

나에게는 이 이름은 며칠 안 된 새로 불리게 된 이름이다. 세실리아라고 불려 본 적이 없는 새로 받게 된 이름이 꿈에 선명하게 불렸다는 것이 신기하기도 했고 무섭기도 했다.

첫 성체를 모시고 하느님의 자녀로 새로 태어남으로 새로 받게 된 세례명이다.

꿈은 깨어 있을 때의 정신처럼 선명했고 생생한 현실처럼 느껴졌다. 새로 받게 된 나의 영적인 이름을 꿈속에서 만난 성경 해독가라는 분이 불렀다. 이 꿈이 기적 같은 체험의 일부분이었다는 걸 며칠 뒤에 알게 되었다.

4월 20일 내가 낳은, 세실리아가 낳은 아들 마태오와 요셉이 세례를 받게 되었다. 꿈을 꾸었을 당시 정해졌던 날짜가 아니었다. 꿈을 꾸고 몇 개월 뒤의 일이며 거의 세례 받기 일주일에서 열흘 전에 본당 신부님에 의해 정해진 날짜는 신기하게도 맞았고 꿈에 보였던 모습처럼 나는 이제 막 태어난 지 50일이 채 되지 않은 요셉을 비스듬히 안은 채 유아 세례식을 받았다. 꿈에서 본 모습과 같았기에 놀라웠고 꿈속 공간에서 마주한 성경 해독가라는 분이 말해 준 날짜가 맞았기에 "7월 22일 열차가"라는 말이 마음에 걸렸다.

그동안 겪었던 초월적 신이 나에게 전하는 놀라운 이야기며 믿기 어려운 기적과 같은 체험들이 상기되었다. 무언가 나에게 말해 준 이유

가 있을 듯해서 그날이 오기 전 내가 무얼 해야 할지 몰라 생각 끝에 신부님께 여쭈어보고 싶어졌다. 사제가 되시기 위해 공부를 많이 하신 분이니 어떻게 해야 할지 조언해 줄 만한 사례들이 있을 듯싶었다. 7월 22일이 오기 전 그동안 겪었던 신비롭고 두려웠던 나의 예지몽에 관한 이야기들은 말로 전할 정도로 간단하지 않아 메일로 보내었다. 메일을 보내고 며칠 뒤 미사가 있던 날 미사가 끝나고 신부님을 찾아갔다. 그날의 미사 시간이 어떻게 지나갔는지 모르게 난 어떤 대답을 듣게 될지 무척 궁금했었다. 그리고 신부님께 떨리는 마음을 부여잡고 조심스럽게 여쭈어보았다.

"신부님 메일 보셨나요?" 나는 한껏 긴장한 낯빛으로 답변 내용을 귀 기울였다.

"네 봤습니다. 너무 걱정하지 않으셔도 됩니다."

그 말을 끝으로 다른 일정을 보러 자리를 피하셨다. 내가 쓴 메일의 내용은 길었다. 그러나 신부님의 간단한 답변이 나의 오랜 기간 걱정과 달리 다소 간단명료해서 뭔가 아쉽고 당황스러웠다. 적절한 해결 방법을 제시해 주실 거라 기대했었다. 하지만 1살, 3살, 5살 남자아이들을 돌봐야 하는 나에게 막중한 해결책을 제시했다면 나는 감당하지도 못했을 듯하다. 차라리 아무것도 아닌 듯한 답변이 나에게 맞는 답변일 거라고 기대했던 나를 다독이며 복잡한 생각을 정리했다. 그리고 며칠 뒤 6명 정도로 구성된 성경 말씀을 공부하는 성당 모임이 있어 다른 지인들과의 모임에서는 꺼내지 못한 예지몽에 대한 고민을 얘기하니 대모님이 "영이 맑은 사람들이 예지몽을 꾸기도 한다는데 세실리아

씨가('세실리아'는 새로 받게 된 영적인 이름이고 그 이전에 브라질에서 불리던 이름은 '파비아나'였다.) 그런가 봐요. 기도해 보는 게 어때요?"라고 말해 주었다.

그 말이 너무 편안하게 나에게 맞는 해결책인 듯했다. 그리고 매일 밤 잠들기 전 매일 하던 기도에 이상했던 꿈에 대한 청원 기도를 했다. 성경 해독가라고 소개한 분이 알려 주신 날짜가 오기 전 끔찍한 상황이 아니길 사고라면 희생자가 없기를 기도했다.

그리고 그날 열차 사고가 흔하지 않은 사고인데 정확히 7월 22일 춘천에서 열차 사고가 났다. 그리고 그날에 꿈속의 장면들이 생생하게 기억 속에서 상기되었다.

그렇게 또 한 번의 기적과 같은 체험을 하고 놀라움에 초자연적인 현상을 받아들이게 되었다. 그렇지만 내가 어떻게 풀어 가야 할지 알지 못했다. 한국도 아닌 브라질에서 일로 바쁜 남편을 제외하고 오로지 나 혼자 어린아이 셋을 키우는 일은 버거웠다. 생각은 많았지만 할 수 있는 일은 기도가 전부였다.

자신을 성경 해독가라고 소개한 분이 알려 주신 두 개의 날짜와 내가 새로 받게 된 영적인 이름을 말했고 두 개의 날짜는 정확히 현실에서도 그 일이 일어났다.

왜 나에게 두 개의 날짜를 말해 주었을까? 지금 내가 쓰게 된 과학적으로 증명하기 어려운 꿈과 기도에 대한 신비한 이야기에 결정적 증거를 만들어 주기 위한 저 너머 미지의 세계에서 보내온 메시지일까? 아마 한 날만 알려 주었다면 내가 메일을 쓰는 행동은 하지 않았을 것이다. 두 개의 날짜가 따로 기간을 두고 떨어져 있었기에 한 날짜에 꿈속 장면과 같은 일이 일어나며 다음 날짜가 오기 전까지 지속된 고민 후 메일을 보내 보기로 용기 낸 것이었다.

사실 이 초현실적인 예지몽 체험은 신이 내준 숙제를 내가 꼭 해야 만 한다는 결심을 하게 된 결정적 이유가 되었다.

열차 사고 그림 수채화 일러스트

2014년 7월 22일 오후 태백 열차 충돌 사고

제1637호 청량리발 강릉행 무궁화호 열차와 제4852호 제천발 서울 행 중부내륙순환열차(오-트레인)가 충돌했다. 탑승객 1명 사망, 93명 크고 작은 부상

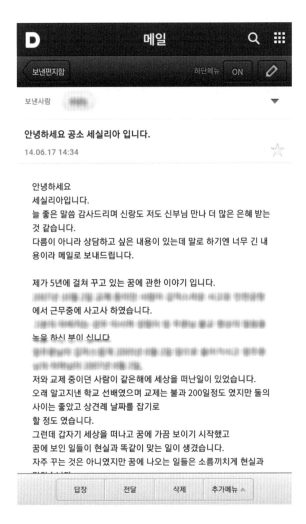

안녕하세요 공소 세실리아 입니다.

14.06.17 14:34

안녕하세요
세실리아입니다.
늘 좋은 말씀 감사드리며 신랑도 저도 신부님 만나 더 많은 은혜 받는
것 같습니다.
다름이 아니라 상담하고 싶은 내용이 있는데 말로 하기엔 너무 긴 내
용이라 메일로 보내드립니다.

제가 5년에 걸쳐 꾸고 있는 꿈에 관한 이야기 입니다.
에서 근무중에 사고사 하였습니다.
놓을 하신 분이 십니다
저와 교제 중이던 사람이 같은해에 세상을 떠난일이 있었습니다.
오래 알고지낸 학교 선배였으며 교제는 불과 200일정도 였지만 둘의
사이는 좋았고 상견례 날짜를 잡기로
할 정도 였습니다.
그런데 갑자기 세상을 떠나고 꿈에 가끔 보이기 시작했고
꿈에 보인 일들이 현실과 똑같이 맞는 일이 생겼습니다.
자주 꾸는 것은 아니였지만 꿈에 나오는 일들은 소름끼치게 현실과

또 몇 일뒤 꿈에 어떤 남자가 제 머리를 쓰다듬으며 너가 낳을 아들이 구원의 열쇠며 너는 기독교와 천주교에 대하여 알고 있다고 했습니다.

그리고 몇일뒤엔 꿈에 성경 해독가 라는 남자가 성경을 쭉 보더니 7월 22일에 어떤일이 일어난다 했습니다.

그래서 멸망하나요? 했더니 열차가...라는 말만 남겼고

4월 20몇일인지 꿈을 깨고도 생각이 잘 안났는데

여하튼 그림에 한여자가 갓난 아기를 안고 있었고 들리는 음성은 세실리아가 낳은 아들이...

였습니다.

그날 꿈에서 깰땐 새벽 6시쯤이였으며 종소리에 깨었습니다.

너무 선명하게 들리더니 점 점 멀어지더군요

너무 신기하게 깨고도 계속 들리기에 계속 들어보니 아마도 밖에 다른 집에 문에서 나는 듯했습니다.

그날 이후, 그 전에도 들렸던 적은 없는데 그 소리를 들으며 깨어난것도 신기했고

세례받은지 몇일 안지났고 세실리아라는 이름도 생소할때인데 꿈에 선명하게 불려졌던 세례명도 너무 신기했습니다.

그리고 계속 12월엔 희안한 꿈을 소름끼치듯 많이 꾸어서 무섭다 생각했는데 그 이후로 지금까지 이상한 꿈은 않꿨습니다.

그런데 4월 20일 요셉이 세례를 받아서 그 꿈이 그 이야기를 미리 해준건가 해 신기 했습니다.

제가 이 이야기를 하는 이유는 신부님의 의견을 듣고 싶어서 입니다.

7월 22일 좋지 않은 일은 일어나지 않으면 좋겠고 혹시 모르니 그 날이 오기 전에 이 글을 미리 보내봅니다.

얼마 전 강신이라는 강의내용 처럼 하느님께서 저에게 어떤 계시의 능력을 주셨다면

아무에게도 말하지 않고 혼자만 알고 있을 수 없다는 생각이 듭니다.

| 답장 | 전달 | 삭제 | 추가메뉴 ∧ |

예지몽 꾸는 세실리아

여러가지 생각을 해봅니다.

확실하게 뭔가 이야기 하기에 저는 모르는 것이 너무 많네요~
성경공부 많이 하고 메일을 보내야 하지만 7월 22이 주는 메세지
가 정말 있다면 그 전에 보내야 하지 않을까 싶어
어찌보면 부끄럽지만 용기내어 보내 봅니다.

이번주 성당 공소에서 뵙겠습니다.~

- 세실리아 드림-

답장	전달	삭제	추가메뉴 ∧

-7월 22일이 오기 전 보냈던 6월 17일 보낸 메일 캡처 사진 첨부-
(메일의 일부 내용은 실명이 거론되고 있어 안 보이게 처리함)

그리고 7년이 지난 지금 나의 초자연적인 현상인 신비로운 예지몽에 대한 이야기를 풀어야 한다는 강한 느낌이 들었던 건 "너는 가서 사람들에게 알려라"라고 한 2013년 12월 1일의 꿈 때문이다. 그리고 지금 발이 묶이고 시간이 멈춰 버린 듯한 2020년은 내가 풀어야 할⋯. 내가 받은 숙제를 해야 할 때인 것 같았다.

우리가 살아가고 있는 세상은 단순히 보이는 부분만 생각하며 살아가기엔 수천 년 전부터 반복되며 전해져 오는 기적이라고 불리는 신비로운 일들이 무수히 많다. 그냥 무시하고 살아가기엔 끊임없이 말해 주고자 하는 어떤 절실함이 보인다. 무언가 아주 중요한 진실을 말해 주고 있는 듯하다. 그걸 우린 알아야 하며 누군가는 알려야 하는 사람이 있다는 게 분명하다는 걸 알게 되었다.

전 세계 수많은 예언가들이 아주 오래전부터 현재까지 존재했었고, 예언가들의 증언이 지속되고 있다. 그들은 크고 작은 사건과 미래에 대한 예언들을 내놓고 있다.

나는 지금도 잘 살고 있다.

이런 과학적이지 않은 일들을 알리지 않고서도⋯.

그러나 알리지 않으면 안 되는 줄 알기 때문에 이야기를 한다.

나 자신이 소중한 사람이듯 세상의 많은 이들이 소중하기 때문에 모두가 아름다운 인간이기에 미지의 세상에서 전해 주는 이야기를 전한다.

이 이야기는 나를 믿으라는 것이 아니며 나에게 돈을 주면 당신의 소원을 들어줄 기도의 기적을 보여 준다는 것도 아니다. 행복을 돈으로 살 수 없듯이 돈을 많이 지불한들 천국이라는 곳에 갈 수 없다. 몇 몇의 종교지도자들이 교인들에게 교회에 많은 헌금 내는 것이 중요하다 강조하는 것이 슬프다. 정말 중요한 것을 가리는 것 같아 마음이 좋지 않다. 썩지도 않는 쓰레기를 많이 만들고 돈을 많이 벌어 교회에 기부하는 액수가 커지면 그 신자를 우대해 줄 것인가? 그런 종교가 진짜 중요한 가르침을 훼손하고 있는 것만 같다.

'자본주의 세상 같은가?', '돈이 많으면 행복할 것 같은가?' 인생을 통틀어 돈으로 사는 행복은 찰나와 같은 순간들일 뿐이라는 걸 알게 될 것이다.

'진실한 행복은 절대적으로 돈으로 가질 수 없다.'

내가 전하는 이야기는 무엇이 어떠하다 확언할 수 없으나 내가 체험한 나의 예지몽이 실현된 사례들이 다수였기 때문에 환시와 메시지가 담고 있는 뜻을 전달해야 하는 전달자로서의 책임을 갖게 되었다.

나 또한 여러 번 나에게 나타난 의학적이지 않은 초자연적인 현상에 대해 의구심을 가지고 십여 년에 걸친 체험이 다수 실현되면서 이 이야기들은 알려야겠다고 판단되어진 결과이다.

나무는 그 자리에서 봄을 알리는 벚꽃을 아름답게 피웠다.

나무는 그 자리에서 초록 잎을 풍성하게 틔우며 멋지게

늠름함을 뽐내었다.

나무는 그 자리에서 버찌 열매를 맺으며 늦은 여름 싱그러움을

전해 주었다.

나무는 그 자리에서 잎마다 알록달록 가을색을 만들어

한 폭의 그림같이 내 앞에 서 있더니

나무는 그 자리에서 앙상한 가지만 남겨 놓고 사계절 열정적이게

살아 놓고

쓸쓸하게

그 많은 꽃잎과

그 많은 버찌 열매와

그 많은 나뭇잎을 떨어뜨려 놓고

푸른 겨울 하늘색과 어우러진 나뭇가지 선을 하늘에

그려 놓은 듯 봄을 준비하며 잠들어 있었다.

나무는 늘 그 자리에서 많은 것들을 해내더라.

나는 나의 자리에서….

예지몽 꾸는 세실리아

Story 2
꽃을 좋아하는 평범한 아이

'운명이 아닌 삶이어서 신께서 나의 운명을 새로 만든 것일까?
아니면 모두에게 저마다 가야 하는
운명의 길이 있는 걸까?'

'운명이 아닌 삶이어서 신께서 나의 운명을 새로 만든 것일까? 아니면 모두에게 저마다 가야 하는 운명의 길이 있는 걸까?'

1989년 봄, 평범한 7살 여자아이였던 나의 어느 날을 평생 잊을 수 없었다.

9살, 7살, 5살 한참 손이 가야 할 딸들이었겠지만 엄마는 집에서 1km 정도 떨어진 곳에서 신발 가게를 운영 중이셨다.

봄비가 부슬부슬 내렸다가 이내 날씨가 반짝 갠 어느 날 오후 여자아이들의 노는 소리가 방 안 가득 채워진 집안에 시끌벅적한 소리를 잠재우는 전화벨 소리가 요란하게 울렸다.

첫째 예주 언니가 전화를 받았다.

"여보세요, 누구시죠?"

"예주야! 엄만데 너희들이랑 점심에 갈 데가 있어서 네가 동생들 챙겨서 가게로 좀 와야겠다."

"거기 서랍 위에 엄마가 꺼내 놓은 옷으로 갈아입고 출발해!!"

"조심히 와야 한다~"

"네~ 엄마!!"

'딸깍'

새로운 목적지가 생긴 예주 언니의 얼굴엔 생기가 돋았다. 동생들과 오전부터 장난감 하나 없이 놀아서 그런지 지루해질 타이밍이기도 했다. 평소엔 행동이 느린 편이었지만 들뜬 기분이어서 그런지 말도 행동도 빨라졌다.

"예은아! 예지야! 빨리 옷 입어 엄마가 어디 갈 데가 있다고 옷 갈아

예지몽 꾸는 세실리아

입고 오라서~"

아직은 어려서 잘 모르지만, 언니의 들뜬 모습에 동생들도 빨리 주섬주섬 아무 옷이나 입었다. 그때 나만 아무 옷이나 꺼내 입었는지도 모르겠다. 뭔가 바쁘게 대충 갈아입었던 것 같다. 누구의 도움도 없이 세 딸은 옷을 찾아 입고 서로 손을 꼭 잡고 좁디좁은 골목길을 지나 8차선 수인 산업도로 횡단보도를 건너 엄마 가게까지 걸어갔다. 집에서부터 대략 1km 떨어진 가게에 도착한 어린 세 딸을 가만히 살펴보던 엄마는 내 옷을 보시더니 곧 시선이 멈췄다. 이 옷은 엄마가 꺼내 놓은 옷이 아닌데 이런 옷을 입고 왔냐며 갈아입고 와야겠다고 했다. 기억으로는 초등학생이던 언니 체육복을 입고 갔던 것 같기도 하다. 엄마가 서랍 위에 꺼내 놓은 옷으로 갈아입고 오라고 했었는지 나는 혼자 집에 다시 다녀와야 했다.

7살이었던 나는 혼자 집에 가서 급한 마음에 옷을 빨리 갈아입고 다시 엄마 가게로 향했다.

비가 온 지 얼마 안 되어 땅이 젖어 있었지만, 비가 그쳐 우산은 쓰지 않았다. 8차선 횡단보도에 다 왔을 때 아마도 나는 빨리 횡단보도를 건너 엄마 가게에 가고 싶었는지 많은 사람 속에 횡단보도 앞쪽에서 신호를 기다렸다. 그 모습이 불안해 보였는지 어떤 착한 아주머니가 손을 내밀며 말을 건넸다.

"얘야 아줌마 손잡고 건널까?"

부끄러웠지만 하얀 얼굴에 선한 미소를 띤 아주머니의 따뜻한 손을 잡았다. 나는 아주머니 손을 잡은 채 신호를 기다렸다. 처음 보는 아주머니의 손을 잡은 나는 부끄러움에 빨리 건너고 싶었던 분주함이 가라앉아 얌전해졌다.

그리고 초록 불이 켜지자마자 횡단보도를 몇 발짝 건너던 순간!!

인천 방향에서 오던 큰 트럭이 신호에 급제동했으나 비로 젖은 땅에 제동거리가 길었던 건지 트럭은 요란한 굉음과 함께 바퀴가 미끄러져 반 바퀴 돌았고 횡단보도를 건너던 많은 사람과 충돌했다.

그리고 도로와 가장 가까이 서 있던 나는 기억을 잃었다.

내가 눈을 떴을 때 트럭의 뒷부분이 보였고 트럭 뒤 끝에 매달린 쇠사슬이 사고의 반동으로 좌우로 움직이고 있었다.

나는 횡단보도에서 멀리 떨어져 있었고 일어나려 했지만 일어설 수 없었다.

여기저기 횡단보도를 건너던 사람들이 흩어졌고 구급차들이 와서 사고로 다친 사람들을 실어 나르고 있었다.

그중에 내 손을 잡아 줬던 아주머니가 눈에 들어왔다.

머리에는 피가 나고 있었고 들것에 실려 하얀색 응급차에 실리고 있었다.

'아줌마….' 의식이 없는 채 굵은 피가 이마로 흘러내리고 있는 모습은 충격과 슬픔으로 마음에 그리고 눈에 사진의 피사체가 되어 내 머리에 각인되었다.

워낙 다친 사람이 많은데 나는 비교적 멀쩡했다.

오른쪽 복사뼈를 감싸고 있는 살이 50원짜리 동전 크기 정도로 떨어져 나간 상처가 보였다. 다리에 힘이 들어가지 않아 거동은 불편해서

부축받아 봉고차에 태워졌고 봉고차에는 가벼운 상처를 입은 사람들만 태워져 가까운 병원으로 향했다.

병원에 도착한 나는 갑자기 몰려든 교통사고 환자를 치료하느라 분주한 의사들이 보였고 간호사들의 부축으로 엑스레이 촬영을 하고 의사 선생님의 진료과정을 보고 있었다. 그리고 큰 우려와 걱정 속에 하얀 얼굴이 더 하얗게 상기된 얼굴을 한 채 병원에 들어선 엄마를 만났다. 엄마는 미안하다며 제정신이 아니었다며 너를 왜 보냈을까? 하며 우셨고 의사 선생님의 진찰 결과를 함께 들었다.

"아이가 약간의 하혈을 해서 엑스레이를 찍어 봤지만, 특별한 이상은 없는 것으로 보입니다."

엄마는 놀란 마음을 진정시키고 입원 수속을 밟으셨다. 그리고 난 한 달 남짓한 입원 생활을 했었다.

입원 첫날인지 둘째 날인지 내 신발이 짝짝이로 있어서 간호사분에게 물었다.

"제 신발이 사고 때 바뀌었나 봐요. 어떡하죠?"

"그날 사고로 머리를 크게 다치신 아주머니는 이 병원으로 올 수 없으셔서 큰 병원으로 가셨는데 그분 아들도 7살이래 너랑 신발이 한 짝씩 바뀌었나 봐. 그 남자아이는 다리가 골절되었던데…."

하며 옆에 간호사에게 말을 건넸다.

그때 내 손을 잡아 주신 착한 아주머니의 아들이 나랑 나이가 같았구나.

그분은 괜찮으신 걸까? 궁금했었으며 내가 도로에 가장 가까운 곳에 있었는데 멀리 튕겨 나갔고 다친 곳이 없는 게 의아했었다. 그리고 병원에서 퇴원하고 일상생활을 하고 시간이 많이 흐른 뒤에도 나는 그때의 사고의 기억이 또렷이 자리 잡고 있었다.

그 후 20년 뒤 아이를 낳고 생각할 시간적 여유가 생긴 몇 년 후 계속해서 현실과 겹치는 이상한 예지몽에 무서움과 놀라움에 그때의 생각이 불현듯 다시 떠올랐다. 왜 나에게 이런 일들이 일어나지?

혹시 그때 사고의 순간에 그 아주머니가 잡고 있던 내 손을 잡고 사고 차량이 다가오자 반대 방향으로 힘껏 날리신 걸까? 그때 그 아주머니가 아니었으면 나는 죽어야 할 운명인 걸까?

우연히 만난 아주머니의 따듯한 손….

운명이 아닌 삶이어서 나에게 신비로운 일들이 일어나는 것일까?

30대가 지나서야 엄마에게 물었다. 혹시 그날 누가 날 구해 줬다는 얘길 들었어?

"그땐 경황이 없었어…."

"내가 왜 너에게 옷을 갈아입고 오라고 시켰는지 후회가 밀려오더라."

"얼핏 그런 이야기를 들려주는 사람이 있었던 것 같기도 해~"

그저 길가에 핀 꽃이 예뻐 시간 가는 줄 모르고 관찰하던 나는 평범한 아이였다. 길가에 핀 꽃을 꺾어 엄마에게 주기도 하고 꽃잎을 하나씩 떼어 내며 놀기도 했다.

그러다 초등학교에 들어가며 '꽃을 함부로 꺾지 않아요. 꽃이 아파해요. 눈으로 보아요.'라고 적힌 즐거운 생활 책을 읽고 그 후론 꽃을

　　　　　　　　　　　　　　　　　예지몽 꾸는 세실리아

꺾을 수 없었다. 어느 날 너무 예쁜 민들레꽃을 꺾고는 잘린 줄기에서 새어 나오는 하얀 액을 보고 정말 미안해서 땅에 다시 꽂아 놓고는 다시 꽃을 꺾지 못했다.

피아노 학원을 보내면 곧잘 앉아서 피아노를 치며 남들보다 조금 빠르게 단계가 올라갔고 공부방을 보내면 그곳에서 가르치는 모든 과목을 학교에서 올백을 맞아 상장을 집에 들고 가는 날이 많았다.

문제는 1:1로 가르쳐 주는 수업 외에 학교나 학원 수업은 나의 호기심 많고 산만함을 잡아 주지 못했는지 중학교 이후 공부방을 그만두고 난 후의 학교 성적은 평균 이하였다.

9살 때 하루는 나무껍질 속 속살의 맛이 궁금해 뜯어 맛 본 적도 있고 돌 속에 보물이 있을 것 같아서 돌을 주워 돌을 깨고 놀았던 그저 순수하고 호기심 많던 어린 시절의 기억이 있다.

그런 나에게 부모님 손에 이끌려 가게 된 교회는 그저 엄마가 손에 쥐여 준 헌금을 내고 집에 돌아오면 되는 곳 정도였다.

그런 나에게 이상한 호기심을 키운 기도 이후 정말 기도를 들어주시는 신이 있을 지도 모른다는 확신에 기도를 제법 자주 하게 되었다.

평범한 아이에게 일어난 사고는 그 사고를 불과 1분 앞에 두고 한 여인이 잡아 준 손을 잡고 갑작스럽게 닥친 죽음의 그림자에서 벗어났다. '운명이 바뀐 걸까?'

Story 3

기도의 신비

기도의 힘은 늘 놀랍고 강했다.
우연히 나에게 찾아온 슬픔일 수도….
잘못된 기도가 불러온 어둠일 수도….

어릴 적 나의 기도의 시작은 그저 평범했다.

아홉 살이던 초등학생 때 매일 아침 학교에 가 수업을 들으려 하면 장 트러블인지 장 꼬임인지 배가 자주 아팠다. 매일 지속되는 현상은 꽤 고통스럽고 어린 마음에 고민이 되었다. 그리고 응급실에 실려 간 적도 있었지만, 병원에 가 보아도 진찰 결과는 약도 없고 뚜렷한 방법이 없는 듯했다. 배가 아플 때면 식은땀이 나고 얼굴은 급작스럽게 창백해졌다. 그러다 20여 분 지나면 괜찮아지길 반복하는 증상에 방법이 없으니 기도를 들어주신다는 하느님이 있다고 배웠던 터라 기도했다.

'하느님 배 좀 안 아프게 해 주세요.'

그냥 단순한 기도였지만 기도의 효과는 신비로울 정도로 놀라웠다.

배가 아프지 않았다. 그 뒤로 오래 지속돼 오던 걱정거리가 없어졌다.

장이 뒤틀리는 듯한 고통은 사라졌다.

기도가 가져다준 변화는 어린 나에게 아주 컸다.

그 후로 뭔가 풀리지 않는 일이 있을 때마다 교회도 가지 않았던 나는 귀여운 기도를 하기 시작했다.

부모님이 심하게 다툼하시는 날이 잦아지시던 때.

어린아이들이 넷이나 되었던 집안은 정신없었고 밤마다 이어지는 부부 싸움은 2살 막둥이는 잠들어 있어서 잘 모르겠지만 어린 딸들 셋이 공포에 휩싸일 정도로 큰 소리와 욕들이 오고 갔다.

"이혼해!"

"더 이상 이렇게 못 살아!"

"그래 나가~"

"당장 나가!!!"

그리고는 부모님이 내일 당장 이혼 서류를 들고 법원으로 향할 것 같은 불길함에 잠이 들 시간 이불 속에서 작은 두 손을 꼭 쥐고 기도했다.

'하느님 제발 부모님이 싸우지 않게 해 주세요.'

'저희 집에도 웃음이 꽃처럼 피어나는 집이 되게 해 주세요.'

열 살쯤 되던 어린 나의 두 볼에 눈물이 터져 버린 수도꼭지처럼 흘렀고 그날은 베갯잇에 눈물이 흠뻑 젖어 버려 베개를 뒤집어 베고 자야 했다. 왜 싸우시는지 영문도 모르는 싸움은 늘 가정이 끝이 날 것처럼 두려웠다.

그리고 그날도 울다 스르르 잠이 들었다.

신기한 아침을 맞으며 꿈인 줄 착각했다.

방문 밖에서 아빠, 엄마의 웃음소리가 귓가에 크게 들리며 눈을 번쩍 떴다.

마음을 깨우는 소리라 할까? 웃음소리가 귓가에서 피어나듯 잠을 스르르 깨며 들리는 소리는 무언가 모를 소리의 묘한 울림이 다르게 들렸다.

'무슨 일이지?'

마치 어제와 다른 세상처럼 곧 끝이 날 부부 사이처럼 싸우시던 아빠, 엄마는 무슨 일인지 아침부터 큰 소리로 웃으셨다.

부부 싸움이 칼로 물 베기라지만 전날 밤 집안을 휘젓던 공포감과 아침부터 웃어 대는 부모님의 웃음소리에 부스스 깨서 아침을 맞았다는 현실은 꿈이 아닐까 하는 착각을 불러올 만큼 신기했다. 그리고 나는 기도를 들어주셨음에 틀림없다는 믿음이 생겼다. 어린 나에게는 기적과 같은 체험이었다. 그 뒤로 아주 많은 기도를 했고 기도는 정확히 공부 안 한 시험을 백 점 맞게 해 달라는 기도 외엔 대부분 들어주셨다.

☾ 기도가 불러온 사랑과 죽음

기도의 힘은 늘 놀랍고 강했다.
우연히 나에게 찾아온 슬픔일 수도….
잘못된 기도가 불러온 어둠일 수도….

그저 신기하기만 했던 기도의 힘은 나이가 들수록 뭔가 무서워지고 두려워지기 시작했다.

잘못된 기도가 가져오는 무서움일까?

스무 살부터 6년째 사귀어 오던 남자친구는 결혼할 나이가 되었음에도 전문적인 직업을 구하려는 모습이 보이지 않았다.

어린 나이부터 안 해 본 일이 없으실 정도로 늘 열심히 살아오셨던 아버지 덕분에 우리 집은 제법 자산이 있는 편이었다. 그런 나의 집보다 남자친구네 집안 형편은 차이가 제법 있었지만 성실하다면 그것이 흠이 되지 않는다고 생각해서 만나왔었다. 그러나 나이가 들어도 전문적인 지식을 쌓으려 한다든지 도전하는 듯한 행동보다는 학생 시절과 같은 행동들이 변하지 않았다. 나의 힘든 시절 가까운 친구가 되어 주고 힘이 되어 줬다는 것으로 결혼까지 결심하기엔 그와의 관계는 여러 가지 면에서 결혼과는 점점 멀어지고 있었다. 헤어지고 다시 만나고 또다시 헤어지며 둘의 사이는 끝을 맺었다.

주변에선 결혼하려면 물질적인 부분을 무시하면 안 된다는 조언을 많이 들었던 터라 이왕 새로 만나게 되는 인연은 부자였으면 좋겠다는 욕심이 생겼다.

퇴근길 나의 주변을 감싸고 있는 듯한 서울의 빽빽한 건물 숲….

간판 네온사인이 반짝거리며 문득 이 많은 건물이 다 주인이 있다니 나도 건물주와 인연이 되면 좋겠다는 욕심이 마음에 생겼다. 자수성가 하신 나의 아버지는 몇 채의 건물을 소유하고 있었지만, 경기도의 골목길 건물과 내가 서 있는 서울 번화가의 건물의 가치 차이가 크다는 걸 알고 있었다.

그리고 나는 그날 밤 잠들기 전 잘못된 기도를 했다.

이 세상에 건물이 이렇게 많은데 건물도 있고 저를 많이 사랑해 주고 착하고 성실한 배우자를 만나게 해 주세요.

스물여섯 결혼할 상대를 만나야 하는 나는 아주 현실적이고 세속적인 배우자 청원 기도를 했다.

늘 그렇듯 기도는 마법처럼 빠르게 이루어졌다.

기도 후 삼일 후쯤 회사 퇴근 후 만나기로 한 학교 선배로부터 연락이 왔다.

"예은아~ 오늘 약속 장소에 우림이랑 같이 나가도 될까?"

"네, 좋아요."

우림 선배는 유정 선배와 몇 년째 사귀고 있는 같은 과 커플이었다.

가깝게 지낼 일은 없어 친하진 않았지만, 졸업 후 딱 한 번 본 적 있었다. 1년 전쯤 우림 선배 아버지가 암으로 돌아가시면서 장례식장에 서였다. 그래서 우림 선배가 방송인의 아들이었다는 것과 아버지가 운영하시던 강남에 위치한 녹음실을 물려받았다는 것 외에는 아는 부분이 없었다. 장례식장에서 마주했던 선배는 늘 착하고 밝았던 모습이 사라진 채 슬픔이 내려앉은 얼굴을 하고 있었다. 눈물을 머금은 얼굴로 아버지의 유골함을 들고 있던 모습이 기억 속에 슬픈 잔상처럼 기억되어 있던 선배 모습이었다.

퇴근 후 약속 장소에 가니 친한 이준 선배와 우림 선배가 먼저 와 있었다. 이준 선배는 늘 재치 넘치는 말발로 분위기를 재미있게 이끌었다. 그에 비해 다소 얌전하게 있던 우림 선배와는 술이 한 잔, 한 잔 들어갈수록 재밌어졌다.

같은 과 커플이었던 유정 선배와도 헤어졌다고 얘기하고 알고 보니 선배의 집은 내가 서울에서 거주하고 있는 회사 숙소와 같은 동네였다.

그래서 그날 모임에서 헤어질 때 택시를 같이 타고 귀가했다.

같은 동네니 꼭 한번 다시 보자며 헤어졌다.

그리고 며칠 후 연락이 와서 만나게 되었고 자연스럽게 둘은 좋은 감정이 생겨 우림 선배와 연인으로 발전하게 되었다.

사귀면서 알게 된 우림 선배의 집안 재력은 그래도 조금 잘 산다고 생각되었던 우리 집과는 다른 재력이 있었다.

강남에 건물이 몇 채 있었고 차는 그때 당시에는 지금처럼 흔하지 않았던 고급 외제 차였으며 백화점 VIP인 것을 자랑스럽게 이야기하곤 했다.

나는 대학 시절 교수님 추천으로 학교 홍보 책자 지면 촬영을 했었고, 입사하는 회사마다 사내 모델로 활동했었다. 빼어난 미모를 가진 건 아니지만 수수한 외모에 인기는 조금 있었다.

그런 나의 남자친구가 되었다는 걸 우림 선배가 주변 사람들에게 자랑했었다고 들었다.

그리고 그의 가족들에게도 소개해 주며 사귀고 일 년쯤 되어 갈 때 상견례 날까지 서둘러 잡자고 했다. 우림 선배 어머니는 우림이가 결혼은 늦게 더 나이가 들어 하고 싶다더니 너 만나고 나서는 인연인가 빨리 결혼을 하고 싶다고 한다고 반겨 주셨다.

무언가 내가 바랐던 배우자 기도에 딱 맞춘 사람이 마법처럼 나타난 듯 행복했었다.

그가 살던 강남구 논현동에 소유한 건물 옆 건물이 1990년대 국민 여배우였던 유명 연예인의 집이어서 그 배우의 어머니랑 우림 선배 어머님이랑 거기 살 때는 조금 알고 지내는 사이였다는 이야기며 녹음실에서 만나게 되는 연예인들 이야기며 내가 알던 사람들과는 또 다른 부류의 삶의 모습이 있었다.

시작되는 연인의 사랑은 달콤했다.

대지의 자연이 많은 것들을 피우던 여름, 우림 선배와 설악산에 올랐다.

서울의 복잡한 건물 숲과는 다른 풍경이 마음속에 웅장하게 들어왔다. 주위엔 온통 초록의 녹음이 생기로 빛이 났고 산의 높은 곳에서부터 흘러오는 물줄기는 바위와 돌을 타며 청량한 물소리를 들려주었다. 굽이굽이 산을 오르며 자연이 들려주는 소리를 들으니 마음이 평안해졌다.

그리고 깊은 산속 울리는 소리가 들리며 근처에 사찰이 있음을 알

예지몽 꾸는 세실리아

왔다.

"아빠 목소리야~"

"어?"

"오빠 아버지?"

"응, 불교 명상 말씀 녹음을 하셨었거든 이 사찰에서 아빠가 녹음한 소리를 들을 수 있어."

"아 그렇구나."

"목소리가 멋지시네."

그의 아버지의 목소리를 들으며 근처 사찰을 찾았다.

그리고 산속 사찰에 유리함 안에 작은 초에 불을 켜 놓았다.

그저 그가 하는 행동을 따라 했다.

어디 계실지 모르지만, 그분의 영이 잘 지내시길 기도했다.

그의 얼굴엔 슬픔이 묻어 있었다.

"아버지가 갑자기 간암 말기라는 걸 알았고 나는 아버지의 병이 호전되길 절에 여러 번 와서 기도했었어.

교회에도 가서 기도했고 그런데 그 어디에서도 내 기도를 들어주시지 않더라."

그는 눈시울이 붉어졌다.

"나중에 우리 결혼하면 성당 다닐까?"

마지막 질문이 웃겼지만 그만큼 그의 기도가 절실했었다는 게 느껴졌다.

"그래! 성당에 가 보자~"

"그곳의 신은 기도를 들어주셨을지도 모르지…."

의사도 더 이상 손쓸 수 없다고 하니 갑작스러운 아버지의 죽음 앞에 신을 찾았던 그,

그러나 죽음의 그림자는 끝내 그의 아버지를 데려갔나 보다.

가까운 사람의 갑작스러운 죽음, 그 죽음을 받아들이는 데 걸리는 시간은 가족들 마음에서 갑자기 떨어져 나간 심장의 조각처럼 마음 아프고 고통스러운 일인 듯싶었다.

떨어져 나간 심장의 구멍으로 차가운 바람이 들어와 온몸과 마음을 시리게 할 것만 같았다.

산 중턱의 나뭇잎 사이로 태양빛이 절 마당으로 들어왔다.

따듯한 햇살에 슬픈 기운을 데우며 산을 더 올라갔다.

산을 오르고 숨이 차던 내 손을 잡아주던 그의 손바닥을 보았다.

"생명선이 왜 이렇게 짧아?"

우림 오빠의 손금에 생명선은 엄지손가락 가까이에서 끝나 있었다.

문득 지난번 친구와 용하기로 소문난 사주카페에서 들은 이야기가 떠올랐다.

종로에 사주풀이 잘 하는 사주카페가 있다 해서 친구들과 찾아갔었다.

고민이 되는 게 무엇인지 물어봐야 해서 "좋은 인연을 만나게 될까요?"라고 물었는데 사주풀이해 주시는 분이 이상한 얘기를 들려주셨다. 하얀 종이 위 사주풀이를 하던 주인은 글 속에 무언가 보이는 듯 말했다.

"79년생에 부잣집 아들이 들어와 있네~" 흠칫! 정확한 나이까지 맞

예지몽 꾸는 세실리아

추는 역술인의 능력에 놀랐다.

"괜찮겠네."

"그래요? 다행이다. 안 그래도 잘 만나 보려던 참이었는데…."

"그런데…. 무덤이 보여."

"네? 무덤이요?"

"크게 걱정할 일은 아니야."

사주풀이는 그렇게 끝이 났다.

'무덤이라….'

오래 사귄 남자친구의 손금을 봤었다. 생명선이 짧았었는데 이 오빠도 짧았다.

'아니야~ 생명선 길이가 진짜 사람의 운명을 결정짓지 않을 거야.' 그리고 어두운 생각을 떨쳐 버리려 짧은 기도도 했다.

"건강하게 오래 살게 해 주세요~"

조곤조곤 그가 들려주는 이야기들은 참 소박하면서 재미있었다.

그렇게 지내던 어느 날,

그와 차를 타고 가는 길에 구급차 사이렌 소리가 들려왔다.

"나는 저 소리만 들으면 불안해~"

"혹시나 저 구급차가 향하는 곳이 집일까 봐."

혼자가 된 엄마를 늘 걱정하던 착한 아들은 혼자서는 식사를 안 하시는 엄마의 식사부터 여러 가지 부분에 있어서 늘 챙겨 드리려고 했다. 가라앉은 분위기를 의식해서인지 장난기가 발동한 우림 오빠는 듣기 싫은 얘기를 시작했다.

"구급차에 내가 타고 있어."

"차에 치여서 구토하고 근육에 힘이 빠져서 바지에 소변도 본 거야~"

그러면서 허구인 상황을 자세히 묘사했다.

"그런 장난 좀 치지 마~"

하며 운전하고 있는 우림 오빠의 팔을 쳤다.

생각도 하기 싫은 이야기를 디테일하게 묘사하며 싫다는 내색을 비추는 나의 모습을 놀리는 듯 그는 웃었다.

그리고 그날인가 그다음 날인가 정확히 기억은 안 나지만 늦은 밤 이별한 뒤 단 한 번도 연락이 없었던 전 남친에게서 전화가 왔다.

"예은아⋯.

오늘 회사 사람들이랑 회식해서 술을 좀 마셨어."

"사람들이 여자친구에 대해 물어보는데 네가 생각나더라."

"다른 사람 만나 봐도 너만 한 사람이 없더라."

"너 생각이 나서 술의 힘을 빌려서 전화해 봤어."

"잘 지내지?"

그는 착한 사람이었다. 그래서 오랫동안 내 옆을 지켰었던⋯. 그의 힘들어하는 말투가 마음이 아팠지만 그래도 다시 시작할 수 없다면 냉정한 게 좋을 거라 생각했다.

"나 지금 남자친구랑 잘 지내고 있어."

"너도 좋은 여자 만나서 행복하길 바랄게."

그렇게 오랜만에 걸려 온 그와의 통화를 끝냈다.

예지몽 꾸는 세실리아

그리고 다음 날 여느 날처럼 회사에 출근하면서 우림 오빠와 통화를 했다. 회사에 잘 갔다며 일상적인 대화를 하고 일을 하느라 정신없이 하루를 보내고 핸드폰을 보니 이미 퇴근 시간이 지난 그에게선 연락이 없었다. '어 이상하다 오빠 퇴근 시간이 훨씬 지난 시간인데 오늘 왜 연락이 없지?' 하는 생각에 여러 번 전화를 걸었지만 전화도 받지 않았다. 밤늦은 시간까지 여러 차례 전화해도 연락이 되질 않았다.

'무슨 일이 있나?'

걱정도 되었지만 부재중 전화 횟수만 늘어 갈 뿐 연락이 되지 않았다.

열 통이 넘는 부재중 전화를 남기며 이상했지만, 하루 일정을 마친 피로감에 새벽녘 잠이 들었고 이른 아침 전화벨 소리에 잠에서 깼다.

"여보세요?"

수화기 속 한 중년 여인의 목소리가 힘없이 떨렸다.

"예은아…."

"우림이 불쌍해서 어떡하니?"

"네?"

"오빠랑 통화가 안 되던데 무슨 일 있어요?"

"우림이 죽었어."

"네?"

"그게 무슨 말이에요?"

"우림이 어제 낮에 죽었어."

"죽었다고요? 어제 오전에 통화했었는데."

"거기 어디예요?"

"인천 ×× 병원에서 서울 ×× 병원으로 이송할 건데 마지막으로 볼래?"

"네 갈게요."

믿기지 않았다.

어제도 통화했고 그제도 만났는데 그저 꿈일 거라 생각했다.

밀려오는 불안감을 뒤로하고 회사에 전화했다.

"대리님 저 예은인데요."

"……."

"남자친구가… 죽었대요…. 저 어떡해요?"

"뭐? 우림이가?"

대리님하고는 회사 오픈 초창기 멤버로 제법 가까운 사이여서 남자친구를 인사시켜 준 적이 있어 알고 있었다.

"무슨 일이야~ 어쩌다가?"

"저도 아직 잘 모르겠어요. 우림 오빠 어머님이랑 통화했고 지금 병원으로 가 보려고요."

"회사는 걱정하지 말고 우선 병원에 가 봐. 중간중간 전화하고. 예은아! 정신 똑바로 차려. 차 잘 보고 조심히 다니고."

"네 감사해요."

정신없이 나갈 준비를 마치고 택시를 잡아탔다.

무슨 일이 일어난 건지 머릿속이 복잡했다.

금방이라도 복잡한 마음에 쓰러져 버릴 정도로 마음도 머릿속도 빙글빙글 돌고 있었다.

'죽었다니 내가 가서 얼굴 보고 기도하면 살 수 있는 거 아니야?'

'어떻게 하루아침 사이에 사람이 죽어'

'말도 안 돼!!!!!! 아닐 거야!! 꿈이라든지, 누군가의 장난이라든지, 그렇다고 전화해서 말해 주면 안 될까?'

마음속에서 머릿속에서 아주 많은 생각들이 성난 파도처럼 휘몰아치고 속이 울렁거렸다.

아침부터 물 한 모금 마시지 못한 채 달려온 나는 어느덧 병원에 도착했다. 어머님은 기다렸다는 듯 기운이 다 빠져나간 모습으로 서 계셨다. 곧바로 앰뷸런스에 같이 타고 가자고 하셨다.

좁은 차 안에 하얀 헝겊을 머리 위까지 씌워진 무언가가 있었다.

어머님과 나 그리고 차갑게 식어 버린 무언가….

조심스럽게 말씀하셨다.

"우림이 볼래?"

"네?"

'미동도 없는 누워 있는 헝겊 속에 그 어떤 것이 우림 오빠라고요?'

떨리는 손으로 하얀 헝겊을 내렸다.

너무 멀쩡한 모습을 하고 핏기 없는 얼굴로 우림 오빠는 그곳에 있었다.

뭐라고 할 수 있는 말이 없었다.

도로 위를 빠르게 달리고 있는 앰뷸런스의 사이렌 소리만 들렸다.

아무 생각이 없었다.

"만져 볼래?"

"네?"

아무 생각이 없는 사람처럼 현실을 받아들이기 어려웠지만 가늘게 떨리는 손으로 차갑게 식어 버린 그의 다리에 살짝 손만 대었다 뗐다.

사람의 온기가 아니었다.

아무런 생각을 할 수 없던 그때 점점 현실이 들어왔다.

차갑게 식어 버린 그, 더 이상 그 몸 안에 그는 없는 듯했다.

"어떻게 된 거예요?"

자식을 잃은 엄마는 넋이 나간 듯 사고의 일을 읽듯이 이야기했다.

"우림이가 점심시간 후에 업무를 보고 있다가 원인 모를 이유로 쓰러졌는데 정신을 잃은 상태에서 점심 식사한 게 올라오면서 기도를 막았대."

"그게 사인이래…."

"네? 정신을 잃었으면 원인이 있었겠죠!!"

"건강하던 20대 청년이 아무 원인 없이 정신을 잃었을 리가 없잖아요."

"그 시간 CCTV가 지워졌대."

공항에서 일하고 있었던 그는 외국 항공사 소속으로 티켓 발권 업무 외에 비행기가 이/착륙하는 부분의 업무를 담당하고 있었다. 사고가 있었던 것 같은데 회사는 그 부분을 은폐하려는 듯 보였다.

더 혼란스러웠다.

이렇게 차갑게 식어 버린 시체가 된 것도 믿기 어려운데 왜 죽었는지도 명확하지 않다니….

예지몽 꾸는 세실리아

"부검하려고 내 아들이 왜 죽었는지."

"그런데 부검까지는 안 하고 싶었는데…."

"이렇게 멀쩡한데 부검하려면 또 한 번 더 아들을 죽이는 것 같아."

"머리뼈도 열어야 한대."

기가 막힌 현실에 살이라곤 찾아볼 수 없는 뼈에 말라붙은 피부에 구부러진 등.

작은 체구의 그의 엄마는 현실 앞에 겨우 말을 이어가고 있었다.

엄마이기에 없는 정신을 차려야 하는 그녀가 안타까웠다.

남편을 갑자기 떠나보낸 지 2년이 이제 막 지난 그녀에게 닥친 현실은 어디 하나 의지할 데 없이 현실을 읽어 나가고 있었다.

아빠의 빈자리를 채워 주고 싶다고 매일 끼니 거르시지 않게 살뜰히 엄마를 챙기던 그.

그는 왜 갑자기 그 자리를 지키지 못했을까?

머릿속이 빙글빙글 도는 듯했다.

매일 통화하던 그는 아무 말을 하지 못했다.

"내일 부검하러 국과수에 갈 건데 너도 갈래?"

"네."

집에 돌아온 나는 다음 날 일정으로 잠을 청했지만 제대로 잠을 잘 수 없었다.

머릿속이 빙글빙글 돌고 있었다.

죽은 그의 영혼이 뭐라고 말해 주는 것처럼 자꾸만 이런저런 장면들이 머릿속 생각의 장면 속에서 소용돌이치고 있었다.

'왜? 왜 갑자기….'

'무슨 일이 있었던 건데….'

잠을 잔 건지 못 잔 건지 정신은 혼미했지만 야속하게 창문으로 들어오는 햇빛은 밝았다. 기운이 하나도 없는 몸을 이끌고 이른 아침 서울 외곽에 위치한 사체 검안실에 갔다.

전광판에 예약된 고인이 된 이름들이 차례대로 뜨고 있었다.

시간이 얼마나 흘렀는지 차례가 되어 참관자로 어머님이 들어가셨다.

죽은 아들을 또 한 번 죽이는 것 같은 모습을 봐야 하는 보호자 이런 고통을 만든 사람들이 원망스러웠다.

어차피 밝혀질 걸 그 CCTV만 공개했었더라면 이런 순서는 밟지 않았을 것 아닌가? 기가 막힌 현실이 그저 꿈이었으면 꿈이길 바랐다.

시체 검안서의 결과는 '질식사',

　-원인 모를 충돌에 의해 다리가 골절되었고 의식을 잃었을 때 점심 식
　사한 음식이 올라와 기도를 막으면서 질식한 것으로 추정됨-

결국은 사고사였다.

머릿속이 더 어지러워졌다.

사고를 좀 더 일찍 발견했다면 기도를 확보해 주었더라면 죽지 않을 수 있었을 텐데 하는 안타까움이 컸다.

그의 어머니는 작은 봉투를 받았다. 그가 입었던 옷.

하염없이 우는 그의 어머니 옆을 지켰다. 나의 슬픔과는 비교할 수

없는 고통일 것 같았다.

　기절한 그는 몸의 힘이 풀리며 소변이 옷에 흘렀다고 했다.

　그리고 그가 죽기 며칠 전에 그가 했던 농담이 생각났다.

　마치 자기 죽음을 미리 얘기해 준 것처럼 그는 왜 그런 얘기를 했던 걸까?

　말이 씨가 된 것일까? 말조심해야 한다는 게 이래서 그런 걸까?

　사주풀이하던 사주카페 주인아주머니가 했던 무덤이 보인다는 말이 이 일이 보인 걸까?

　내가 했던 기도가 불러온 저주일까?

　온갖 이상한 생각들이 머릿속을 가득 채웠다.

　2년 전 그의 아버지 장례식장에 갔던 날 비가 내렸었다.

　한여름 부슬부슬 비가 내렸었다.

　그리고 2년 뒤 같은 장례식장에 오빠의 사진이 올려졌다.

　그리고 가을비가 부슬부슬 그때처럼 내렸다.

　그의 아버지가 돌아가셨을 때처럼 실명을 쓸 수 없어서 책 속에 그의 이름을 천우림이라고 지었다.

　'하늘에서 내리는 비가 숲을 이룬다.'

　그와 국립공원 데이트 갔던 날이 있었다.

　울창한 숲은 국립공원답게 아주 오래된 나무가 하늘 높이 뻗어 있었다.

그는 곧게 뻗어 높이 자라 있는 나무를 보고 나는 풀숲에 작고 예쁜 꽃을 보았다.

자신은 나무를 보는데 너는 자꾸만 땅에 무엇을 그렇게 보냐며 같은 숲에서 서로 다른 것 보는 게 재밌다며 웃던 그.

그가 죽고 비가 오면 그가 오는 것처럼 슬펐다.

이젠 나에게 아무 말도 해 줄 수 없는 그가 미웠다.

그 어떤 준비도 없이 맞게 된 이별이 혼자만 감당해야 할 커다란 슬픔이 되어 내 심장에 박혔다.

장례는 길었다. 사인이 밝혀지는 데 시간이 걸렸기 때문에 젊은 나이에 허망하게 가 버린 그의 장례식에는 곡소리가 넘쳤다.

서른이 채 되지 않은 나이에 끝나 버린 생.

좋은 곳이 있다면 꼭 가길 바랐다. 이승에 미련 두지 말고 떠도는 길 잃은 영이 되지 않길 기도했다.

나의 기도가 가져온 마법처럼 부잣집 아들은 그렇게 내가 사는 세상 속에서 갑작스럽게 사라져 버렸다.

그의 죽음과 바쁜 장례 일정이 지나고 나니 현실이었다.

세상은 하나도 변한 게 없는 것 같은데 내 삶만 야속하게도 너무 많은 것들을 잃은 듯했다.

그가 죽고 매일 밤낮 통화하던 전화기가 이상하게 보였다.

많은 이야기들을 주고받은 전화기조차 힘이 없어 보였다. 운명의 장난인 걸까? 어떻게 모든 상황이 누군가의 장난처럼 꼬여 있는 것 같았다.

그리고 그가 죽기 하루 전쯤에, 술에 취해 전화했던 전 남자친구가 기억 속에 떠올라 전화를 걸어 애꿎은 화를 냈다.

"네가 내 남자친구 없어지길 기도했어?"

"무슨 소리야?"

앞뒤 내용 없이 울부짖는 나의 전화에 당황한 듯한 전 남자친구의 목소리가 들렸다.

"네가 전화하고 다음 날 내 남자친구가 죽었어."

"뭐?"

"죽었다고? 무슨 말이야~ 너 어디야?"

"너 괜찮아?"

"내가 너 있는 곳으로 갈게 기다려."

그리고 그날 밤 요란한 음악을 크게 튼 채 운전하고 전 남자친구가 찾아왔다.

"너 원래 운전할 때 음악 크게 안 틀었잖아."

"맞아 그랬었지~ 근데 요즘 마음이 복잡해서 그런지 음악을 크게 틀면 답답한 마음이 좀 풀어지는 것 같더라."

"그래도 그러지 마! 너답지 않아."

무슨 말을 했는지 기억이 잘 안 나지만 그간의 일들을 이야기하고 걱정되지 않게 잘 지내라고 인사하며 헤어졌다. 우연이라고 하기에는 우림 오빠가 죽기 전날인지 전전날인지 헤어지고 한번도 연락이 없던 전 남자친구에게서 온 연락의 타이밍이 신기했다. 그러나 더 연락하는 것은 아닌 듯해서 그 이후 연락도 만남도 없었다.

그냥 여러 가지로 참, 한 편의 드라마같이 많은 일들을 한꺼번에 겪었다.

'어떻게 이런 말도 안 되는 듯한 일들이 나에게 일어났지? 왜? 하필이면…. 왜?'

가까운 사람을 잃고 나면 내 탓인 것처럼 스스로 만든 감옥에 나 자신을 가두게 되는 듯하다. 그가 죽음으로 끝나 버린 그 직장을 소개했던 남자분은 자신이 소개해 준 회사에서 발생한 일이라 죄송하다 했었다. 다른 원인으로 일어난 사고였지만 주위 사람들은 자기 탓도 있는 듯 힘들어했다.

나 또한 그랬다.

내 잘못된 기도가 그를 죽음으로 몰아간 것 같은 생각이 늘 마음 한구석에 자리 잡았는데 그가 죽고 1년째 되던 해 학교 선배들이 그를 만나러 간다며 납골당에 같이 가자고 했다.

함께 가는 차 안에서 그동안의 이야기들이 오고 갔다.

운전하던 세훈 선배가 말했다.

"난 우림 선배가 살아 있을 때 했던 얘기가 참으로 사람의 운명이 정해진 걸까 하는 생각이 들었어."

"우림 선배가 사주를 봤었는데 근데 단명할 거라고 했다고 했거든 근데 진짜 그렇게 단명하니까 이상하더라."

마치 그 말이 그간에 내 마음에 나를 가두었던 감옥에서 나를 꺼내 주는 말처럼 들렸다.

'그의 운명이 거기까지였던 거야.'

'죽기 전 나를 만나서 행복한 마지막을 보냈다면 그걸로 그는 마지막을 잘 살다 간 거야.'

'그러니 나나 정신 차리고 내 삶을 또 살아가자~'

사실 난 그동안 혹시나 미쳐 버릴지도 모를 것같이 정신을 놓을 뻔한 일이 몇 번 있었었다.

그럴 때마다 '미치면 안 돼 정신 차리자' 하며 여러 번 나를 잡았다.

"산 사람은 살아야지." 그 말이 주위에서 하는 위로 중 이기적이게도 사실 가장 큰 위안이 되었다.

'정신 차려 예은아'처럼 들렸다.

하늘도 원망스럽고 내 인생도 원망스럽고 우리가 미워서 헤어진 것도 아닌데 인사도 없이 바람처럼 사라져 버린 사람도 원망스러웠다.

좋은 곳으로 가길 바라면서도 현실을 살고 있는 내가 겪는 심장이 얼어 버린 것 같은 아픔에 모든 것이 다 원망이 되었다.

'그렇게 홀연히 말도 없이 갔으면 내가 어떻게 살아야 하는지 알려주던가!!!' 마음의 허공에 외쳐 보기도 했었다.

그리고 나는 그런 원망이 내가 살아가는 데 다시 드리우는 어둠의 기운일 뿐이라는 것을 알았다. 일어난 일이 바뀌는 기적은 일어나지 않을 걸 알기에 모든 일의 시작은 나의 죄라고 생각하는 게 차라리 나았다.

더 이상 물질적인 기도는 하지 않았다.

내가 가진 것에 감사하며 성실하게, 착하게 이 삶을 견뎌 내며 살아가야겠다고 다짐했다.

욕심의 탐욕이 불러온 것 같은 어둠을 이제 더 이상 겪고 싶지 않았다.

그래서 난 회사에서 욕심도 버렸다. 그저 나에게 주어진 일을 잘 해내자! 생각했다. 그러고 보니 그 뒤로 일에 대한 욕심이 너무 없었던 듯하다.

활기가 없어진 옅은 색의 꽃을 피우는 사람이 된 듯하다.

화려함보다는 은은한 꽃.

모든 이들을 비추며 위로하는 달빛처럼 그저 나의 자리를 지켰다.

그리고 정확히 1년 뒤 그가 죽은 첫 번째 기일 날 그의 옆 건물에 살았다던 국민 여배우가 세상을 떠났다.

그가 살아 있을 때 했던 얘기 속에 한 부분이 겹쳤다.

그리고 나는 그가 죽은 날짜를 매년 다시 접하게 되었다.

날짜가 겹쳐져서….

그리고 그녀의 남겨진 자녀들이 안쓰러웠다.

그래서 자주 기도해왔던 나는 사랑했던 남자와 같은 날짜에 사망한 그 여배우의 영을 위한 기도도 같이 드렸고 그들의 남겨진 가족의 슬픔을 위로하는 기도를 했다. 가족을 잃은 고통이 나보다 클 것을 알기에 남겨진 이들이 잘 살아가길 바라는 마음에 그들 모두를 위한 기도를 했다. 성당에서 하는 기도 내용처럼 그 외에도 "세상을 떠난 모든 이가 하느님의 자비로 평화의 안식을 얻게 하소서"와 같은 많은 영혼을 위한 기도를 드릴 수 있어서 감사했다. 살아 있는 사람의 기도가 이 세상 너머에 있는 다른 세상에 닿아 그곳에도 복을 줄 수 있다면 그 생각만으로도 누군가를 떠나보낸 이들에게 마음의 위안이 되는 부분이 있다. 우연이라 하기엔 무언가 이상하게 엮인 듯한 여배우의 기도까지 더하다 보니 기도의 내용이 길어졌다. 그리고 심장이 떨어져 나간 듯한 고통이 끝나길 바랐다. 그냥 내가 삶의 끈을 놓고 죽어 버려도 괜찮을 것 같은 생각에 자주 휩싸여 버리는 나 자신을 붙들고 살아가기가 힘들었다.

어느 날 밤 혼자 터덜터덜 길을 걷다가 주유소에서 틀어 놓은 라디오에서 흘러나오는 사연이 내 귀에 들어왔다. '사람은 사람으로 잊어야 한다. 그 빈 공간을 사람으로 채워야 안정이 온다고….' 혼자 방황하던 나는 그날 밤 불안한 나의 마음을 잡아 줄 배우자 기도를 했다.

나의 집안과 비슷한, 착하고 성실하고 나를 사랑해 주는 사람, 나와 건강하게 오래 살아갈 사람을 만나게 해 달라고 기도했다.

그렇게 또, 기도는 마법처럼 기도한 지 불과 며칠이 지났을 때쯤 지금의 남편을 불러왔다. 내가 드린 기도 내용처럼 신기하리만큼 같은 점, 비슷한 점이 많았다. 이렇게까지 같은 부분이 많을까 싶을 정도로 이름부터 결혼식 날까지 여러 부분이 시댁과 내 가족과 겹치는 부분이 많은 남자를….

나의 기도는 마음속으로 한 건데 어떻게 기도 내용을 주문서 체크한 듯 세세하게 이루어질까? 신기했다. 신은 정말 나와 가까이에 존재 하나 봐. 그런데 신은 인자한 것 같으면서 내가 교만해지는 걸 꾸짖듯 무섭게 절망 속에 나를 데려다 놓기도 해. 내가 신을 무서워하길 바라진 않으시겠지? '열 살 때처럼 순수하게 인간을 만들었다는 하느님을 사랑하며 살아도 되죠? 절망 속에 헤매고 싶지 않습니다.'

더 이상의 슬픔을 내 삶 속에 허락하고 싶지 않았다. 무언가 보이지 않는 세상이 있는 것 같은데 평범한 사람인 나의 기도도 들어주시는 분인데 귀여운 애교라도 부려 볼까? 우스운 생각을 한 적도 있었다. 마음을 따뜻하게 데워 주는 행복이 왔는데, 아픔을 경험했던 나로서 이 행복 뒤에 또 올지 모를 어둠을 두려워하게 되는 불안감에….

예지몽 꾸는 세실리아

Story 4

예지몽

예지몽

'현실에서 어떤 일이 일어날 것인지 미리 보여 주는 꿈'

'현실에서 어떤 일이 일어날 것인지 미리 보여 주는 꿈'

꿈은 누구나 꾼다. 고대 그리스 학자인 아르테미로스를 비롯해, 현대에 이르기까지 예지몽을 과학적으로 입증하려는 시도는 많았다. 예지몽이 심리적인 착각일 수도 있으나 나에게 일어난 일들은 그저 착각일 뿐이라고 단정 지을 수 없다.

☾ 신비한 꿈이 현실이 된 이야기 1)

한 번도 뵌 적 없던 시할머니께서 꿈에 나타나셔서 시할아버지의 죽음을 알려 주고 가셨다.

2012년 12월 어느 날 꿈,

꿈속 아무것도 없는 공간 속 저편에서 천천히 누군가가 나에게 다가오고 있었다. 새하얀 한복을 입고 있는 할머니는 자신이 내 남편의 친할머니라고 알려 주었다.

그리고 나지막한 목소리로 "할아버지가 돌아가셨어."라고 알려 주고 사라지셨다. 그래서 난 꿈속에서 돌아가시기 전에 찾아뵐걸…. 이라며 안타까워하는 꿈을 꾸었다.

신기하게 다음 날 같은 꿈을 꿨다. 마치 녹화된 영상을 다시 틀어준 듯 또 하얀 한복을 입은 어제 본 할머니가 오셔서 이야기해 주셨다.

"할아버지가 돌아가셨어."

나는 또 똑같이 꿈속에서 안타까워했다.

예지몽 꾸는 세실리아

그리고 번쩍 눈을 떴다. 뭐지? 무슨 꿈인데 같은 꿈을 연이틀이나 꾸지?

무언가 두 번이나 내 꿈에 나와 전해 줘야 할 절실한 소식을 전해 준게 이상했다. 얼굴은 본 적 없지만 돌아가신 분인 데다가 꿈이 희한하고 연이틀 같은 꿈이어서 이상하게 들릴지 모르겠지만 조심스럽게 시아버지께 말씀드렸다. 내 이야기를 들으시고는 아버님께서 그럼 할아버지 뵈러 다녀오자며 그날은 잘 가 보지 않던 남편의 남동생도 모처럼 함께 할아버지를 뵈러 갔다.

시댁에서 차로 30분 떨어진 동네에 시할아버지는 남편의 큰아버지 식구들과 함께 3층 주택의 위층과 아래층에 각각 거주하고 계셨다.

할아버지 집 현관문을 열고 들어가 보니 할아버지께서는 안방에 이불 속에 앉아 계셨고 가서 뵈니 할아버지 몸이 약해지셨다고 들었는데 정말 기력이 예전보다 떨어져 보였다.

그동안 아버님은 약해지신 할아버지를 자주 찾아뵈었는지 능숙하게 약을 챙겨드리고 화장실 볼일 보는 것도 도와주셨다. 함께 간 시동생은 할아버지께서 지갑을 찾아 달라서서 지갑을 찾고 나는 할아버지께서 목이 끈적인다고 하셔서서 따뜻한 물에 수건을 적셔 얼굴과 목, 손을 닦아 드렸다.

97세로 연세가 있으셔서 식사하러 가시다가도 잠깐 누워 계시고 힘 들어하셨다.

그런 모습에 마음이 좋지 않아 집을 나서기 전 그곳에서 잠시 기도를 드렸다.

'할아버지께서 치료받고 건강이 회복되실 거라면 빠른 시일 내에 좋아지시길…. 그러나 치료되기 어렵다면 거동도 불편하시고 식사도 하시기 어렵고 하니 신체적 통증의 이 고통이 길지 않길….'

좋은 곳으로 가시길 기도드리고 집으로 돌아왔다.

그리고….

다음 날 이른 아침 시댁에서 전화가 왔다.

"이게 무슨 일이니 예은아~ 할아버지가 돌아가셨어."

"네? 어제 뵙고 왔는데요?"

"어제 주무시고 아침에 깨어나시지 못하셨어."

"아주 편안하게 주무시면서 세상을 떠나셨어…."

겁이 많던 나는 또 한 번 놀랐다.

'뭐지? 한 번도 뵌 적 없는 시할머니께서 내 꿈에 나타나신 건 내가 기도해 주길 바라셨던 걸까?'

'아니면 할머니께서는 할아버지 돌아가시기 전에 아버님이 한 번 더 할아버지의 임종 전 마지막을 뵐 수 있게 하고 싶으셨던 걸까?' 그저 시할머니라고 소개한 분이 나오신 꿈으로 '돌아가시기 전 한번 찾아뵐 걸'이라고 안타까워했던 나의 그 꿈속 생각이 현실이 되어 정말 임종 전 마지막을 함께 하고 온 것이다.

여러 생각이 스쳐 갔다.

장례식장에 내가 도착하자 어른들께서 네가 할아버지 돌아가시기

예지몽 꾸는 세실리아

전에 따듯한 수건으로 얼굴도 닦아 드리고 했다며 잘했다고 하셨고 남편의 사촌 누나는 할아버지가 자신이 어릴 적에 키워 주셨는데 본인 꿈에 할머님이 나왔더라면 마지막 모습을 뵐 수 있었을 텐데 하며 눈물을 보였다. 할머니 할아버지 손에서 자란 귀여운 손녀 꿈에 나오실 수도 있었을 텐데 왜 내 꿈에 나오셨는지는 모른다.

그렇게 나는 단 한 번도 만난 적 없었던 시할머님을 꿈에서 만나고 시할아버지의 이 세상에서의 마지막 날을….

할아버지와 할머니께서 생전에 아끼고 좋아하셨다던 아버님과 함께 뵙고 올 수 있게 되었었다.

장례식에선 할아버지의 가족분들이 주무시다 돌아가신 할아버지의 마지막을 호상이라고 이야기하셨다.

호상은 복을 누리고 오래 산 사람의 죽음으로 별다른 지병 없이 장수하다가 잠자듯이 죽음에 이른 경우라 했다. 나는 분명 전날 할아버지 댁에 나오기 전에 기도했었다. 병이 나으실 수 있다면 치료를 잘 받고 나으시길, 병이 낫기 어렵다면 고통의 시간이 길지 않기를, 평안하게 좋은 곳으로 가게 되시길 기도했다.

이 일이 우연이라고 하기엔 이상한 현상을 해석해 내기는 어려웠다.

장례식 영정사진 앞에서 향을 켜고 나는 할아버지께서 좋은 곳에 가셔서 할머님과 행복하시길 기도드렸다. 그리고 한 달 보름쯤 후 또 한 번 놀라운 모습으로 이번엔 시할아버지께서 꿈에 나오셨다.

할아버지가 사시던 집에 태양빛이 슬며시 거실 창문으로 들어와 노랗게 밝은 빛이 머물러 있는 거실에 할아버지가 보였다. 살아 계실 때

앉아 계셨던 것 같은 식탁 의자인데 거실 중앙에 놓인 의자에 할아버지가 앉아 계셨다.

옅은 빛이 나는 하얀 모시옷을 입으셨고 하얀색 중절모자도 멋들어지게 쓰셨다. 얼굴은 살짝 젊어 보이는 40대 같아 보였고 할아버지 자녀분들이 할아버지께 가족별로 절을 했다. 우리 순서가 되어서 나와 시어머니와 시아버님이 같이 절을 드렸다. 돈을 드려야 한다며 급한 마음에 시어머니께 5천 원을 받아서 할아버지께 드리고 절을 올리는 꿈이었다.

그렇게 내 꿈속에 찾아와 빛나는 모습을 하고 계셨다.

좋은 곳에 가셨다고 알려 주는 꿈같았지만, 마지막에 오천 원도 그렇고 돌아가신 할아버지께서 빛나는 옷을 입으신 것도 그렇고 혹시나 내 기도가 고맙다고 좋은 곳에 가시기 전에 선물로 로또를 당첨되게 하시려고 찾아오신 건가 싶은 생각이 들었다. 그래서 나는 그 주에 꿈과 같이 어머님께 5천 원을 받아서 로또를 했다.

혹시 1등이 되려는 꿈인가 싶은 헛된 생각에….

당첨 결과는 낙첨되었다. 이야기가 우습게 흘렀지만, 할아버지의 영이 좋은 곳으로 가셨다고 인사하러 오신 꿈이구나 생각되었다.

'옅은 빛이 나는 모시옷과 중절모자에, 40대에 젊어진 모습을 보여 주셨다.'

20대 중반쯤 정말 로또 번호가 꿈에 나온 적이 있었다.

꿈에 할아버지라는 분이 나에게 6개 번호를 불러줬다. 그땐 결혼하기 전이였으니 친할아버지든 외할아버지든 내가 태어나기 전에 돌아가셨기 때문에 어떤 할아버지인지 모르지만, 꿈속은 아무것도 보이지 않는 공간에 한 할아버지가 서 계셨다. 새하얀 한복 두루마기를 입은 분은 자신이 할아버지라고 소개하셨다.

그리곤 다른 설명 없이 번호 6개를 불러 주셨다. 이후 꿈은 친절하게도 현실의 나로 깨어나게 했다. 정확히 불러 준 6자리 숫자가 신기해 꿈에서 깨자마자 번호를 메모지에 적는데 도통 3자리 외에 기억이 나지 않았다. 그래도 꿈이 이상했던 터라 믿음 반, 의심 반 3자리를 넣어 그 주 로또를 샀다.

놀랍게도 정확히 메모지에 적어 놓은 번호 3자리가 맞았다. 얼마나 아쉽던지…. 내 기억력이 뛰어나 여섯 자리를 다 외웠더라면 나는 1등이 되어 당첨금을 받았을 텐데…. 20대 초반의 나이에….

한편으로는 조상님이 꿈에 어렵게 나와 손녀딸에게 잘 기억하라며 힘들게 알아냈을 로또 번호 6개를 알려 주고 갔는데….

절반만 기억했으니 얼마나 답답하셨을지…. 신기하고도 나의 기억력 수준에 웃음이 절로 나는 꿈이었지만….

지금에 와서 돌이켜 보니 나는 기억해야 할 것이 로또 번호보다도 우리가 죽고 나면 맞이할 세상을 생각해 봐야 할 듯하다. 우리가 죽고 나면 이 세상을 떠나고 그것을 끝으로 모든 게 단절되는 게 아닌 듯하다.

연속성이 있다. 육체는 없어지고 뼈 또한 가루가 되거나 조금씩 분해되어 흙으로 돌아가지만 없어지지 않는 것이 있는 것 같다. 그것이 영혼인 것 같다. 내 몸 안에 영혼이 있는 것 같다. 그 영혼은 형체가 없으나 그게 진짜 나인 것 같다. 사랑하는 사람과 이별하면 신기하게도 평소에 느끼지 못했던 통증을 느끼곤 한다. 심장 저 구석에 나의 영혼이 아파하는 통증이 느껴지는 느낌!!

'살갗이 바늘에 찔려 아픈 따가운 아픔과는 다른, 심장 있는 곳쯤 어딘가에 느껴지는 고통과 시림.'

그 느낌은 대게 어릴 때 부모님의 사랑에 의심이 들었을 때, 나보다 동생을 더 사랑하는 것 같은 느낌이 들었을 때, 또는 누군가 좋아하는 사람이 생겼을 때나 이별할 때 이럴 때마다 반응하는 내 영혼을 느끼게 되는 건 아닐까 한다.

영혼은 없어지지 않기 때문에 우리는 내 영혼이 병들지 않게 선한 마음으로 성실하게 주어진 삶을 살아야 하는 것 같다. 우리는 사실 모두가 그러한 사실들을 접한다. 선명하게 드러나 보이지 않기 때문에 미스터리한 이야기로 남는다. 그러나 계속해서 드러나는 신비한 현상들은 현실과 연결고리가 있음을 알게 된다. 그것이 중요한 것임을 살면서 여러 번 느끼게 되고 알게 된다.

왜일까? 아무 이유가 없는 현상은 아닐 것이다. 우리는 삶 속에서 스스로 발견해 내고 그 내면의 중요한 단서들에서 비밀을 조금씩 풀어가야 인간이 동물의 상태에서 벗어날 수 있는 것이다. 자연의 진리, 인간 삶의 여정 속에 우리가 알아야 할 깨달음이 있다.

자연의 놀라운 힘과 신비를 깨닫고 언젠가 죽음으로 우리의 영혼이 남게 되었을 때 이 너머의 어떤 다른 미지의 세계로 가려면 자연에서 얻는 지혜로 무한한 빛으로 나아갈 준비된 상태가 되어야 한다.

삶을 감사하며 기쁘게 살아가는 사람들이 많지만, 지금의 세상만 살 것처럼 이기적으로 사는 사람들도 있다. 살아 있을 때 죄에서 벗어나려 노력하며 사랑의 눈으로 세상을 바라보며 겸손하고 감사하는 마음으로 살아가야 한다.

수년 전 돌아가신 할머니의 영혼이 현세에서의 마지막 날을 살고 있는 할아버지를 데리러 오신 것처럼, 이 세상 주어진 삶을 잘 살면 마지막 날에 친절히도 나를 안내해 줄 안내자 또는 먼저 세상을 떠난 소중한 이를 다시 만날 수 있는 것 아닐까?

세상은 발전되어야 하고 자연을 훼손하고 그 일로 돈을 창출한다. 그리고 그 돈으로 많은 이들이 배불리 먹고 마신다. 어떤 이들은 지나치게 낭비하면서 살아간다. 자연의 순환은 썩고 정화되고 다시 싹 틔우는 순환과정이 자연의 이치인데 인간은 그 순환을 자연이 스스로 순환할 수 없을 정도까지 조금씩 빠르게 무너뜨리고 있다. 더 많이 가지고 더 즐긴다고 하여 그 순간의 즐거움이 길지 않은 걸 알 텐데 사람들은 끝을 모르는 세속적인 이상의 삶을 찾아 있던 것을 부수고 자신의 것으로 채우려 하는 이들이 있다. 능력이 있다 해서 필요 이상으로 소비하지 않으려 노력해야 한다.

순환.

모든 것엔 순환이 있다.

혈액의 순환, 자원의 순환, 물의 순환, 대기의 순환….

그 순환이 중요한 듯하다 우리가 세상에 태어나고 이 세상에서 잘 살다가 다시 돌아가야 하는 세상, 그곳에 돌아가기 위한 이곳의 세상은 어떤 과제가 있는 곳 같다.

이미 넘쳐나는데도 자신의 것을 더 만들려는 사람들, 그들은 환경이 들려주는 이야기를 외면하고 부정한다.

"이 땅의 삶은 순간일 뿐이고 죽고 나서의 영원한 삶을 위해 너희는 아무것도 하지 않느냐."

나이 40이 되고 보니 세상을 조금 알 것 같다. 정치적인 얘기부터 역사까지 관심이 더 갔다. 역사에서나 불과 몇 년 전 몇 달 전 사건사고들만 보더라도 정치적으로, 금전적으로 우위에 있다고 한들 그들의 명이 특별히 길게 보장된 것도 아니고 그들의 삶이 늘 꽃길인 것도 아니다.

우리는 지나간 역사 속에서 학습하고도 부의 욕망, 권력의 욕망 앞에 누군가의 희생을 강요하거나 죄를 짓지 않아야 함이 분명하다.

모두는 잘살거나, 못살거나 사회 안에서 함께 살아가며 누구든 죽음에 이른다.

"내가 이 반석 위에 내 교회를 세울 터인즉 저승의 세력도 그것을 이기지 못할 것이다.
또 나는 너에게 하늘나라의 열쇠를 주겠다.
그러니 네가 무엇이든 땅에서 매면 하늘에서도 매일 것이고, 네가 무엇이든지 땅에서 풀면 하늘에서도 풀릴 것이다.
땅에서 풀면 하늘에서도 풀릴 것이다." (마태 16:19-20)

나는 이 열쇠를 찾은 것 같다.

내 영이 맑아서 계속 꿈속에서 천국도 보이고 미래도 보이는지는 모르지만, 하느님께서 내가 비밀을 풀고 그 비밀을 사람들에게 말해 주길 원하시는 듯하다.

허무맹랑하고 비현실적인 이야기 같지만 나도 이러한 경험들은 매번 겪을 때마다 신기하다.

보통의 사이비 종교처럼 나를 믿으라는 얘기가 아니니 내가 풀은 하늘나라의 열쇠가 무엇인지 들여다봐 주길 바란다.

> "내 아버지께 복을 받은 이들아, 와서, 세상 창조 때부터 너희를 위하
> 여 준비된 나라를 차지하여라.
> 너희는 내가 굶주렸을 때에 먹을 것을 주었고, 내가 목말랐을 때에 마
> 실 것을 주었으며 내가 나그네였을 때에 따뜻이 맞아들였다." (마태
> 25:34-35)

> "내가 진실로 너희에게 말한다. 너희가 내 형제들인 가장 작은 이들 가
> 운데 한 사람에게 해 준 것이 바로 나에게 해 준 것이다." (마태 25:40)

많이 얻은 것이 있다면 또 많이 베풀고 살아야 나의 삶, 나의 영혼의 순환 속 균형이 맞는 것 같다. 그래야 균형이 깨지지 않고 삶 속에 평온할 수 있다.

세상이 그렇게 말해 주는 듯했다.

얻은 것이 없다고 판단되어도 베푼 선이 쌓여 세상의 순환 속에 언젠가 나에게 다시 돌아온다.

세상은 급속한 발전을 이루어 나가면서도 변하지 않는 규칙들이 존재하는 듯하다.

왜? 도대체 왜일까?

나는 분명 비교적 선하게 살았다고 생각했는데 어김없이 운명의 바다는 기어이 큰 파도를 일으켜 나를 파도에 허우적거리게 만들어 놓더니 많은 것들을 쓸어가 놓고 황망한 바다 위에 또 잔잔한 물결로 간지럽히며 살아가야 한다고 다독였다.

슬픔의 순간 속 늘 나만 아픈 듯 세상이 야속하게만 느껴졌지만 아니었다.

모두가 각기 다른 인생 이야기 속 그런 순간을 맞았고 어떤 이는 견뎌 내고 어떤 이는 미친 듯 살아갔고 어떤 이는 스스로 운명의 끈을 놓아 버렸다.

신이 있다면 신은 왜 인간의 인생을 이렇게 살아가도록 만들었을까?

내가 이런 물음을 던졌을 때 신이 조용히 다가와 말해 주는 듯했다.

'인간이 신을 찾게 하기 위해 만들어진 세상이라고….'

인간을 사랑하신다면서 왜 고통과 불안을 만드셨냐고 물었다.

신은 인간을 사랑하기에 육신보다 영원히 살아갈 영을 위한 일이라고 말하며 고통 속에 길을 잃어버린 이들을 안타까워하는 듯했다.

예지몽 꾸는 세실리아

얼마 전 성당 신부님이 강론 중에 말씀하셨다.

우리가 지은 죄 중 가장 큰 죄 두 가지는 교만과 욕심이라 하셨다.

교만과 욕심에 행해지게 되는 죄는 인간이 행하게 되는 잔인함의 씨 앗인 것 같다.

어쩌면 하늘의 세상에서 우린 교만과 욕심으로 인해 죄를 지었고 이 땅에 떨어져 죄 사함을 받을 수 있는 기회를 이 동그란 지구에서의 삶 안에 주어져 있는지도 모르겠다.

신의 일은 인간의 이해를 넘어서는 것이라 했다.

다 알 수 없지만 우리는 욕심부리지 않고 겸손하게 내가 가진 것에 감사하며 살아가야 할 것이다.

시할아버지는 인간으로서의 삶을 끝내고 영혼의 모습으로 이 세상을 떠날 때 97세의 얼굴이 아닌 30, 40대 정도의 젊어진 얼굴에 옅은 빛이 나는 옷을 입고 있었다.

그 빛은 오묘하면서도 신비로웠다. 그 빛은 할아버지가 갖고 있던 그 영혼의 빛일까?

나는 죽어서 어떤 빛을 내며 영원한 세상으로 갈까?

나의 마지막도 할아버지와 같은 빛나는 옷을 입고 천국에서 온 안내자의 손을 잡고 갈 수 있기를 바란다.

평범한 사람인 내가 현실을 살아가며 겪은 꿈과 현실의 연결은 늘 무섭고 놀라웠다.

☾ 신비한 꿈이 현실이 된 이야기 2)

짜임새 있었던 꿈은 재앙을 알려 주는 예지몽이었을까?

코로나 팬데믹 혼란 속에 놀랍게도 2015년에 꾼 예지몽이 지금에 와서 다시 생각났다. 그날도 짜임새 있는 잊지 못할 꿈을 꿨었는데 그동안 명확한 해석으로 꿈 내용을 풀어내지 못했었다.

꿈속 한 노년의 남자분이 내 앞에 섰다. 그는 덩치가 크지 않았으며 왜소해 보이지만 격이 있는 근엄함이 있어 보였다.

그리고 중요한 소식이 있는 듯 두 손을 가지런히 앞으로 모은 채 긴장감이 실린 말투로 조심스럽게 말해 주었다.

"세 가지 재앙이 올 것이다."

재앙이 올 거라는 명확한 말에 놀란 나는 물었다.

"그럼 저희가 어떻게 하면 되나요?"

그리고 보여 준 꿈속 장면은 정확히 세 가지 장면 속에 나를 데려다 놓았다.

'어? 이곳은… 낯익은 곳인데….' 하며 꿈속 공간을 둘러보았다.

첫 번째 장소는 집이었다. 꿈속의 장소는 초등학교 1학년 때부터 중학교 1학년 1학기 때까지 6년 정도 가족들과 살던 집이었다. 집이 초등학교와 옆집인 것처럼 학교와 아주 가까웠던 집이었는데 그 집은 우리 가족에게 참 고마운 곳이었다. 아빠, 엄마가 그리도 원하시던 아들을 갖게 되었고 이상하게도 그곳에 살 때는 아빠와 엄마의 사이가 좋았다. 그리고 나 또한 행복했던 기억들이 많은 곳이다. 거기 살 때만 공부를 잘했었다. 매 시험에 상장을 받아 올 정도로 그런 좋은 기억만 만들어 준 집이다. 그때의 그 따뜻한 행복이 있었던 집 안으로 들어갔더니 가족들은 알고 있는 듯한 표정으로 나와 눈 인사를 했고 집 안에 모여 있었다. 이상하게 집 안이 성당이나 교회 같았다. 박공지붕의 형태처럼 천장이 높았다. 그리고 앞에는 재단이 있었다. 성당 의자 같은 데에 앉아 있는 가족들은 서로 두발 중 한 발씩 밧줄로 묶어 연결해 놓았다. 집 안에서 서로 발을 묶어 연결해 놓은 채 기도를 드리며 재앙을 비껴간 것인지 조용한 가운데 첫 번째 재앙을 피하고 있었다.

그리고 꿈속 장소가 단숨에 바뀌었다.

두 번째 재앙의 대비인지 집 옆이었던 학교 운동장에 서 있었다. 주변을 둘러보니 넓은 공터에 몇몇의 사람들이 있었고 사람들의 표정에 두려움이 가득했다. 어깨는 한껏 움츠러들어 있었고 소중한 이와 손을 꼭 잡고 주변을 두리번거리고 있었다. 높은 건물에서 쏟아질 잔해들을 피하려는 것인지 모르겠지만 어수선하고 불안감이 휩싸인 분위기 속에 있었다.

그리고 세 번째 장소에 또 단숨에 이동되어 있었다.

나와 몇몇의 사람들이 산 위에 올라가 있었고 산 밑으로 도심인지 산 아래인지 불이 군데군데 올라와 있었다. 산 위에서 3가지 재앙을 다 피하고 살아남은 사람들은 서로를 마주 보며 기쁘게 웃었고 합창하듯 노래를 이곳저곳에서 불렀다.

'이날은 이날은 주의 날일세~'

'기뻐하고 기뻐하며 즐거워하세~~'

기쁨이 넘치는 노랫소리가 들렸고 깨어 있는 듯한 맑은 정신에서 보인 꿈속 장면들은 노랫소리와 함께 어떤 마법이 풀리듯 스르르 잠에서 깨었다. 꿈에 처음 노인이 알려 준 세 가지 재앙이 온다고 얘기해 준 것과 그러면 저희는 어떻게 하면 되냐고 물었던 것에 답변처럼 정확히 세 가지 재앙을 피할 방법을 이미지로 보여 준 것 같았다.

그리고 재앙이 끝났을 때 기쁨에 찬 노랫소리까지….

꿈은 또 이상하리만큼 짜인 스토리들을 보여 주고는 무언가 전해 주는 메시지가 있는 듯

또 그렇게 신비로운 찬송가 노랫소리와 함께 스르르 잠에서 깨어났다.

또 무언가….

또 누군가….

나에게 무얼 전해 주려고 하는 듯한데 난 또 이 꿈을 어떻게 해석해야 할까?

고민스러웠다.

'세 가지 재앙'

'무엇을 말하는 걸까?'

그 재앙들 속에서 살아남은 자들이 기뻐하며 부른 노래는 경쾌하고 기쁨에 넘치는 노래였다.

중학생 때 교회에서 몇 번 부른 적이 있었던 찬송가인데 그 노래가 20년 만에 꿈에서 들리다니 신기했다.

그리고 얼마 안 있어서 세계 여러 나라에서 지진, 홍수, 산불이 나길래 그 예지몽인가 싶었는데 꿈속에서 첫 번째 재앙은 무엇이길래 가족

예지몽 꾸는 세실리아

들이 집에서 발을 서로 묶은 채 기도를 드리라고 하는지 의문이었다. 명확한 해석을 풀어내긴 어려웠다.

해일이나 홍수로 누구 하나 떠내려가서 잃어버리지 말라는 건가? 하는 의문이 들었지만, 그냥 그렇게 시간이 흐르고 문득 지금의 코로나 팬데믹 상황이 그때 그 첫 번째 재앙인가라는 그때의 꿈에 대한 새로운 해석을 생각하게 되었다.

되도록 가족끼리 집에 있어야 하고 우린 발이 묶인 상황이 되었으니 말이다. 그리고 집이 성전 같았던 건 집에서 모여 기도해야 하는 건 아닌가 싶다. 묘하게도 꿈에 나왔던 집은 내가 살았던 집 중 유일하게 교회에서 구역별로 돌아가며 가정예배를 몇 차례 드렸던 장소이다.

그동안 메르스와 에볼라 바이러스는 더 큰 재앙인 코로나19를 조금 대비할 수 있게 보여 준 것처럼 눈에 보이지 않을 정도로 작은 바이러스의 힘은 2020년의 의료과학기술로도 해결하기 어렵고 삶의 수준도 하루가 다르게 빠르게 성장하고 있는 이 세대의 인간도 얼마나 나약한지를 보여 주는 듯하다. 일부 국가들은 코로나로 많은 사람이 죽고 있고 손쓸 수 없을 만큼 관리가 되지 않고 있는 곳도 있다.

신종 코로나바이러스 감염증(코로나19) 세계 사망자 수 500만 명을 넘어섰다. 발병이 최초 보고된 지 2년도 안 된 기간 전 세계 인구의 0.1%에 가까운 사람이 감염병으로 숨진 것이다. 보고되지 않은 코로나19 사망자 수도 상당한 것으로 보여 세계적으로 1,000만 명이 코로나19 관련 희생자라는 추정도 나오고 있다(한국일보 2021년 10월 03일 자 김진욱 기자 내용 중). 이처럼 눈에 보이지 않는 작은 바이러스가 가진 힘은 크며 현재까지 영향을 미치고 있다.

꿈에서 보여 준 재앙을 피할 방법처럼 가족끼리 집에 머물며 하느님께 드리는 기도로 큰 기적이 행해져야 하는 때일 수도 있다.

세 가지 재앙이 끝나고 살아남은 이들의 기쁨의 찬 노래 "이날은 이날은 주의 날일세. 기뻐하며 기뻐하고 즐거워하세." 세 가지 재앙이 끝나면 기뻐할 주의 날이 오는 것일까?

재앙을 피하기 위해 우리는 기도해야 한다는 것일까? 끝을 모를 듯한 코로나 재앙 속 기도의 놀라운 힘이 필요한 때인 듯하다.

기도의 힘이 눈으로 드러나게 보이지 않지만, 나는 무엇보다 빠르고 정확하다는 걸 알고 있다. 기도는 인간이 살면서 느끼는 불완전한 한계 속에 신의 힘을 끌어당길 수 있는 신과의 대화일 수도 있다. 경험해 본 사람은 알겠지만, 기도는 신비로운 힘을 갖고 있다. 그러나 잘못된 기도가 가져오는 무서움도 무시할 수 없다. 잘못된 기도가 가져온 어둠의 기운은 결국 자신에게 화를 입힐 수 있다. 그래서 기도로 바라는 내용이 올바른 것이어야 한다.

감사와 찬미를 드리고 우리의 믿음으로 소망을 기도한다.

나의 어릴 적은 모두가 그랬듯이 순수했다.

값을 주지 않고도 길가에 활짝 피어 아름다움을 뽐내고 있는 들꽃이 너무 좋았다. 비싼 값을 주고 사야 하는 꽃은 왜 그런지 모르지만 사치스러워 보였다. 꽃을 살 수 있는 돈이 충분하지 않았던 것이 돈을 주고 사야 하는 꽃이 사치스러워 보였던 것일지도 모르겠다.

그저 평범하고 꽃을 좋아했고 사람들과 어울리기 좋아했던 특별할 것 없는 사람이지만 내 이야기가 잔잔하고 순수하게 사람들 마음속에 꽃피웠으면 좋겠다.

나의 신비로운 예지몽의 시작은 사랑하는 사람을 갑작스럽게 잃고 나서부터였을까?

그가 나를 위해 말해 주는 죽고 나서의 세상을 알려 주는 걸까? 아니면 나의 죽음 앞에 나를 도와준 여인을 만난 후 내 인생이 어떤 신에 의해서 다시 쓰였다든지….

아니면 누구나 인생의 달란트가 있다는데 나에게도 타고난 재능이 있다든지….

그것도 아니라면 누구나 겪는 일인데 나만 신기해하는 건가?

나는 왜 이러한 신비한 꿈을 꾸게 되는지 궁금했다.

사람은 모두 다 각자 잘하는 일이 있고, 살면서 경험과 지식을 쌓아 그에 맞는 일을 하며 세상 속에서 자신의 쓰임을 하며 사회 속에 어우러져 살아간다.

50여 년의 세월 동안 나무와 함께 한 장인은 '목수란 나무를 꿰뚫어 보는 사람이라고 정의했다.'

나는 대예언자도 아니고 어쩌다 보니 현실과 다른 세계를 창호지 문에 손가락 정도 구멍 뚫린 틈으로 가끔씩 들여다본 걸 이웃에게 전하고 있는 모양새인 듯하다.

어떤 일에 장황한 설명보다 한 줄의 요약본이 흡입력 있듯, 내가 전하고 싶은 말은 미지의 세계로 가는 한 줄 요약일 수도 있다.

'믿어야 보이는 세상'

'믿어야 그곳으로 가는 길이 드러난다.'

소중한 이를 잃은 사람들에게 마음의 위안이 될 것이다.

다음 세상에서 다시 만날 수 있다.

자신이 영혼의 형태로 완전히 재변형된 뒤에….

☾ 신비한 꿈이 현실이 된 이야기 3)

결혼 전 꿈에서 들은 찬송가.

동네에서 제법 큰 교회에서 결혼하신 부모님은 결혼하고 10년 정도
는 성실하게 교회에 다니셨었다. 그래서 나의 어린 시절에는 자연스럽
게 교회에 다녔었다.

8살 무렵 들었던 교회 목사님 설교 중 매일 교회에 나오는 이보다 착
한 마음으로 살아가며 기도하는 사람을 하느님께서 더 사랑하신다는
내용인지 기억은 잘 안 나지만 어린 나이에 진실한 신앙심이 더 중요
하다는 내용이 왜 그리도 마음에 와닿았는지 교회는 안 다니게 되었고
착한 마음으로 하느님을 믿으며 기도를 자주 했었던 것 같다.

그렇게 교회에 다니는 걸 잊은 채 대학 생활이며 직장 생활이며 연
애와 친구들과 노느라 신앙심도 줄어들 때쯤….

결혼을 약속한 사람이 갑작스럽게 사고로 세상을 떠나며 심장이 유
리처럼 와장창 깨져 버릴 것 같은 고통을 느꼈다. 누구도 나에게 적합
한 위로를 해 줄 수 없었고 맛있는 음식도 사랑하는 가족도, 친구도 나
에게 모든 느낌과 소리가 무음이고 무감각인 그런 때가 있었다. 슬픔

에 빠져 지내다가 주위를 둘러보면 나는 너무도 큰 걸 잃었는데 세상은 아무것도 변한 것이 없는 듯한 모습이 나 혼자 동떨어진 세상 속을 살아가고 있는 듯했다. 내 머리 위에만 드리운 먹구름 속에 살아가는 나는 문득 이러다 내가 정말 미칠 수도 있다는 생각이 들어 사무쳐 오는 슬픔에서 벗어나려 안간힘을 썼다. 그 사람과의 추억을 한 조각 한 조각 접고 또 접기를 반복했다.

그리고 또 예지몽을 경험했다.

우림 오빠가 죽고 슬픔을 정리할 시간도 없이 바쁜 장례 일정을 치르고 난 뒤 회사에 출근했다.

같은 회사에 다니고 있는 중학교 때부터 단짝인 친한 친구 가인이가 내 앞에 섰다.

푸른 슬픔 속에 빠져 있는 나의 눈을 바라보며 친구의 눈에도 슬픔을 옮겨간 듯 가인이는 애써 나를 다독이며 말을 이었다.

"그 사람을 잘 보내 주는 게 좋을 듯해, 오빠 사진이나 정리할 물건 태워 주며 좋은 곳에 가길 기도해 보자" 가인이는 도와준다며 조심스럽게 말했다. 정리할 물건이라 할 것도 얼마 없지만 그런 과정이 내 마음속 정리되지 않고 급작스럽게 끝나 버린 사랑을 정리하는 데 도움이 될 수 있는 방법이라고 생각되었다.

나의 푸른 슬픔의 혼란 속에 들어와 나의 안정을 도와주려는 가인이가 고마웠다.

퇴근 후 집에서 정리해야 할 물건들을 골랐다.

'갑자기 끝나 버린 사랑'

'왜 아무런 인사도 없이 갔어?'

'어디에 있어?'

'보이지 않을 뿐 혹시 여기 있는 거야?'

묻고 또 물어봐도 울면서 물어봐도 소리쳐 봐도 아무런 대답 없다. 내 주변에 작은 흔적들만 천우림이 세상에 존재했었던 사람이었다는 걸 말해 줄 뿐 말을 건넬 수도 만나 볼 수도 없는 존재였다. 그런 그와의 추억의 조각들을 작은 상자 안에 넣었다. 오랜 만남이 아니었던 탓에 정리할 물건도 그리 많지도 않았다. 캠핑할 때 불멍하듯 살짝 태우려고 바닷가에 가기로 했다.

'가인이와 약속한 날 아침' 친언니가 평소와 다르게 놀란 얼굴로 다가와 나에게 자신이 꾼 꿈 이야기를 들려주었다.

본인이 꿈을 꿨는데 흰색 차 안에 앞 좌석엔 네가 앉고 죽은 우림 오빠와 본인이 뒷좌석에 앉아 어딘가 가고 있었다고 했다.

우림 오빠는 쌀밥만 아무 말 없이 꾸역꾸역 먹고 있었고 네 친구로 보이는 사람이 운전하는데 운전석 옆에 앉은 네가 운전한다며 핸들로 장난을 쳐서 차가 비틀거리며 이리저리 왔다 갔다 해서 언니가 위험하다고 하지 말라고 말렸다고 했다. 그리고 한적한 주차장에 승합차 옆에 주차를 하는 꿈인데 꿈이 생생했고 우림 오빠가 저승길을 가야 해서 밥을 먹고 있는 건지…. 아무 말 없이 맨 쌀밥만 먹고 있던 모습이 보였다며 죽은 우림 오빠가 꿈에 나와서 말해 준다고 했다.

"그래? 신기하네…. 오늘 안 그래도 친구랑 오빠 유품 정리하러 나가려고 했는데."

그리고 약속 시간이 되어 도착했다는 친구 연락에 집 앞에 나갔는데 친구가 타고 온 차가 흰색 차였다. 렌트한 차라 흰색이 대부분이니 그러려니 하고 차를 타고 가까운 인천에 한 바닷가로 향했다.

가인이와 가인이의 남자친구는 앞 좌석에 나는 뒷좌석에 오빠의 유품은 내 옆 좌석에 두고 가고 있는데 차가 한적한 길에 다다랐을 때 가인이는 가인이의 남자친구가 잡고 있는 운전대를 이리저리 장난스럽게 움직였다. 차가 비틀비틀 도로 위를 달렸고 그 순간 아침에 언니가 얘기해 준 꿈 이야기가 떠올랐다 어쩌면 내 옆에 우림 오빠 영혼이 앉아 있는 건 아닐까? 이 편지와 사진을 넣은 상자에 그 사람의 영이 깃들었을까? 저승길이 먼 걸까? 꿈에 왜 그렇게 흰쌀밥만 꾸역꾸역 먹고 있었을까? 좋은 곳이 있다면 이승에 미련 없이 갔으면 하는 바람을 담아 그날 나는 가인이의 도움으로 우림 오빠에게 받은 편지와 사진을 태웠다.

그날의 바다는 유난히도 파랬다. 태양의 빛줄기는 내 마음을 위로하듯 구름에 가려져 있었다. 적당한 파도가 바람과 함께 불어와 내 피부에 닿았고 머리카락을 날리며 그동안의 우림 오빠의 추억은 붉은 불꽃을 내며 서서히 타들어 갔다.

붉은 불꽃은 그간의 추억을 삼키고 불어오는 파도 바람에 재가 된 기억들이 날아갔다.

내 심장에 뚫린 쓰라린 아픔은 파도와 함께 더없이 처량하게 허망한 슬픔이 밀려들어 오는 듯했다.

현실이 그 사람도 추억도 다 한 줌의 재가 되어 아무것도 아닌 일들로 만들어 버리는 것 같은 허무함이 심장에 사무쳤다. 내 마음이 정리되어야 우림 오빠의 영혼도 조금이라도 가볍게 좋은 곳으로 가지 않을까? 슬픔을 삼키고 삼켰다. 살아 있는 사람과의 이별은 전화라도 해서 따져 물을 수 있을 텐데 허공에 대고 말할 수도 없고 그렇다고 친구를 붙들고 나의 슬픔을 전달할 만큼 나는 그런 용기조차 없었다.

그 뚫려 버린 심장을 파고드는 아린 슬픔을 오로지 견뎌 내고 있었다. 슬픔의 크기는 다르겠지만 같은 이별을 갖게 된 우림 오빠의 친한 친구들과 이야기라도 나누는 것이 서로의 슬픔을 조금이라도 이해할 수 있는 동지 같았다.

그리고 며칠 뒤, 내 꿈에도 죽은 우림 오빠가 나왔다.

꿈속에서는 몇몇 지인들과 식사하며 이야기를 나누고 있었고 우림 오빠가 팔을 다쳤기에 놀라 오빠의 팔을 살피며 어디서 다쳤냐고 물으니 곁에 있던 친구가 말했다.

"다른 사람을 도와주다 다쳤는데 5천만 원을 받게 됐어."

"아니 다친 것도 다친 거지만 얼마나 다쳤기에 보상을 그리 많이 받아?" 걱정스럽게 말을 건네었지만 나를 보지도 않고 고개를 살짝 떨군 채 앉아 있는 모습을 끝으로 꿈에서 깨었다.

'뭐지?' 내 꿈엔 처음 나왔던 터라 그저 신기했다. 그래서 출근길에 우림 오빠 친구에게 전화해서 꿈 얘기를 해 줬다. 그런데 친구분은 너 몰랐냐며 "이번에 우림이의 1차 보상금으로 5천만 원 나왔어."라고 말해 주었다.

출근길 버스 안에서 나는 그 순간 얼었다. 진짜 내 꿈에 나타난 걸까? 죽으면 그걸로 끝은 아닌 것 같은 생각이 소름 끼치는 놀라움과 같이 들었다.

꿈에라도 나와서 만나 봤으면 했었다. 어디로 가는 거냐고⋯. 괜찮냐고⋯. 나는 어쩌면 좋을까? 물어볼 말이 많았었는데 꿈속에서 나는 그가 죽었다는 걸 인지하지 못했다. 그래서 꿈에 그렇게 그의 영혼이 찾아왔었다는 걸 알려 주듯이 내가 몰랐던 사실을 알려 주고서 꿈은 그렇게 끝났다. 내가 묻고 싶었던 건 아무것도 물어보지 못했다. 그저 내 꿈에 '그의 영혼이 찾아왔었나 보다'라는 걸 짐작할 수 있었을 뿐이었다.

그 후로 오랫동안 구멍 뚫린 마음으로 들어오는 매서운 슬픔을 견디며 힘들어하다가 만난 인연이 지금의 남편이다. 큰 슬픔을 뒤로한 채 위태로운 인생길을 걸어가고 있는 나에게 정신적인 안정과 마음에 안정을 가져다준 고마운 사람이다.

위태로운 마음에 두 손 모아 한 기도가 불러 준 사람처럼 나에게 맞는 소중한 선물같이 다정하고 순수해 보이는 사람이었다. 성당에 다니는 신앙심이 깊은 집안이어서 시부모님께서는 성당에서 식을 올리길 바라셨다. 모든 것이 나에게 딱 맞는 배우자처럼 믿음이 갔고 서로 나이가 결혼할 시기여서 자연스럽게 결혼을 위한 준비를 하고 있었다. 그러다 결혼 준비로 많은 일정을 소화해야 할 무렵 생각지 못한 사건이 있었다. 신뢰를 무너트리는 일이어서 보통의 사람들이 그렇듯 결혼은 신중하니 나도 결혼을 앞두고 이 결혼을 해야 할지 말아야 할지 복잡한 생각이 마음속이며 머릿속을 헤집고 있었다. 지금이라도 끝내야 할지 말지를 결혼을 몇 달 앞둔 시점에서 고민하다 기도를 드리고 잠이 들었다.

'하느님 결혼이라는 중요한 시기를 앞두고 있습니다. 제발 옳은 길로 인도해 주세요.'

그런데 무슨 꿈을 꿨는지 기억은 안 나지만 노랫소리에 스르르 잠에서 깼다. 가까운 곳에서 마치 성악가가 부르는 듯한 찬송가가 들렸다. 묘한 울림이 있는 천상의 노랫소리일까? 노랫소리가 신비롭게 귓가에 울리며 들려왔다.

'기도는 우리의 안식 빛으로 인도하리 앞이 캄캄할 때 기도 잊지 마시오.'

잠에서 깨고 놀라서 방문을 열고 나왔지만 집안 어디에서도 그 노랫소리는 들리지 않았다. 집안은 TV도 켜져 있지 않은 조용한 공간이었다. 그 노래는 어릴 적 서너 번 정도 아빠 차 안에서 들었던 찬송가 중 하나다. 마치 내 기도에 대한 하느님의 응답인 듯 신기했는데 더 놀라운 건 그 이후였다.

그 주에 시댁에서는 성당에서 결혼도 해야 하니 너는 성당에 가 본 적도 없을 테니 주일미사를 같이 드려 보자고 하셔서 일요일 내 생애 성당에서 드리는 첫 주일미사를 시부모님과 함께 참석했다. 처음 가 본 서울에 위치한 성당은 규모가 크진 않았으며 4층 정도되는 건물에 5,000세대의 규모 있는 아파트 단지 중간쯤 위치하고 있었다. 성당 건물은 단출하지만 내부는 겉에서 볼 때와는 다르게 비교적 커 보였으며 성당에서 봉사자로 몇 가지 일들을 맡고 계시는 시부모님은 성당 안에서 만나는 여러 사람과 인사를 나누며 간간이 나도 소개해 주셨다. 그리고 2층에 올라가 미사 드리는 성전 안에 들어가 자리에 앉았다.

미사가 시작되고 여러 번 앉았다 일어나기를 반복하며 미사의 순서대로 진행되었으며 영성체 시간에는 세례 받은 사람들만 앞에 나가 성체를 모시러 나갔다 제자리로 돌아왔다. 어릴 적 교회에서 어린이 예배만 주로 드렸었던 나에게 성당의 미사는 조용하고 엄숙한 분위기가 낯설게 느껴졌다.

그리고….

그날 특별 성가라며 한층 더 위에 성가석에선가 노래가 웅장하게 울려 퍼졌다.

'기도는 우리의 안식 빛으로 인도하리 앞이 캄캄할 때 기도 잊지 마
시오'

성가가 성당 가득 메우며 내가 이 사람과 결혼해야 한다는 그분의 뜻인 것 같은 메시지처럼 특별하게 내 마음속에도 울려 퍼졌다.

어떻게 이럴 수 있지? 기도의 신비인가? 기도의 응답인가…. 우연일 수 없는 성가곡에 놀라웠다. 앞날을 알 수 없는 두려움 속에서 살아가는 평범한 나에게 기도가 어떤 신비로운 힘을 불러온 듯했다.

보이지 않으며 확실하게 그 존재를 드러내지는 않지만 이 아름다운

노래로 나를 끌어당겼다.

무한한 공간에서 내려온, 기도에 대한 응답은 나를 설득시켰다.

성당에서 결혼하려면 신부님 면담도 해야 하고 예식장보다 식사 공간도 협소하고 새하얀 웨딩드레스를 더 빛나게 해 줄 예식장의 화려한 조명도 기대하기 어려웠다.

결혼 전 혼배성사 교육도 받아야 한다고 하고 다소 복잡함이 있어 아마 이전의 꿈이 아니었다면 성당에서의 결혼식을 반대했을 수도 있는 나였지만 우연일 수 없는 신비로운 꿈에 이끌려 성당에서 결혼식을 올렸고 일반 예식장보다 화려함은 적지만 깊이 있는 축복이 있는 듯했다.

날씨도 화창하게 맑았고 내가 좋아하는 꽃피는 계절 결혼했다.

결혼이라는 인생의 중대한 결정을 고민할 때 머릿속 번잡함에 답을 내리기 어려워 기도를 했고 기도가 내가 가는 길이 맞는 길이길 인도해 주실 거라 믿었다.

신기하게도 찬송가 소리에, 잠에서 깼고 일주일 후쯤 시댁 식구들과 처음 가게 된 성당에서 같은 찬송가가 울려 퍼졌다.

너무도 기막힌 기도의 응답이지 않을 수 없었다.

그리고 대부분의 사람은 자신이 옳다고 생각한다. 남편의 외할머니 때부터 성당에 다녔던 터라 어머님은 그곳에 강한 믿음과 확신이 있으셨다. 혼인성사는 하느님께서 내려 주시는 강복을 받는 결혼식으로써 성당에서 올리게 한 것은 어머님의 바람이셨던 듯했다.

결혼하고 나서는 성당에 다니길 바라시는 시댁의 권유가 조심스러우셨겠지만, 나는 강압적으로 느껴졌다. 다소 강압적인 권유가 사실 그곳을 향한 벽이 생기기도 했었다.

결혼 전 어릴 때 다니던 교회나 성당이나 같은 하느님을 믿는 곳이라는 생각에 크게 거리낌 없이 가끔 미사를 드리긴 했지만, 교회 다닐 때와 별반 다르지 않게 시간이 되면 가거나 시부모님께서 같이 가자고 할 때만 성당에 가게 되었다. 두려움이 오기 전까지는….

"기도는 우리의 안식 빛으로 인도하리 앞이 캄캄할 때 기도 잊지 마시오."

기도가 내가 처한 어려움 속에서 빛으로 인도하기를….

돌아가신 친구 아버지가 나의 꿈속에 찾아오셨다

꿈에서 보았던 나뭇잎 하나하나가 빛을 내고 분위기가

마음을 평온하게 했던 그 장소며 승미의 아버지와 고귀한

존재로 보이는 붉은색 천을 두른 옷을 입은 분이 보였던 묘한 꿈

2019년, 8년이라는 기나긴 브라질에서의 주재원 생활이 끝나고 한국에 입국한 지 얼마 지나지 않았을 때 꿈에 대학 동기인 승미의 아버지라는 분이 나오셨다.

밝은 햇살이 내려지는 화창한 날씨인 건지 빛이 있는 곳인지 모를 그 장소는 묘한 빛이 있는 곳이었다. 산 정상인 듯 산봉우리 위에 서 있었다. 초록빛 나무에 나뭇잎이 살아 있는 듯 빛이 났고 마음이 평안해지는 기분을 가져다주는 공간이었다. 꿈의 세상일지, 영의 세상일지 신비로운 그곳은 빛이 났다.

빛이 나는 배경에 투명한 유리 벽 안에 여러 사람이 앉아 있었다. 그중 새하얗고, 단정해 보이는 와이셔츠를 입은 한 분이 나에게 인사했다. 나와 같은 공간이 아니라 그분은 건물 유리 벽 안에 있었고 내가 서 있는 곳은 건물 외부였다. 유리 벽을 사이에 두고 유리 벽 안에서 나를 바라보셨다.

"안녕하세요. 승미 아버지입니다."

그분은 입가에 잔잔한 미소를 띠신 얼굴과 자상한 말투로 인사를 하셔서 나도 인사를 했다.

"어? 네…. 안녕하세요."

그리고 보이는 장면이 산정상 위의 길, 빛이 머무른 곳에 자줏빛 붉은색 천을 어깨에서 사선으로 두른 신부님이 걷고 계셨고(마치 예전에 그림이나 영화 속에서 보던 예수님의 모습 같기도 했고, 또는 부처님 의상 같기도 했다. 얼굴은 보지 못했고 그분이 입고 계신 옷이 보였다.)

그분의 뒤를 조용히 따라가시는 승미 어머님이 보였다. 그분을 따르는, 추종하는 이의 모습이었다.

나는 그 모습을 보며 '승미 어머님이 왜 신부님을 따라가시지?'

의문이 들었다. 승미 어머니는 내 기억으로 착한 심성으로 봉사가 필요한 개척교회를 일부러 찾아가셔서 교회가 커 나가는 데 도움을 주고 싶어 하시는 선한 분이셨고 위탁부모로 어린 아기들을 돌봐주는 봉사도 하시는 분으로 알고 있었다. 그 장면을 끝으로 마법에서 깨듯, 생생한 장면을 기억 속에 남긴 꿈에서 깨어 현실로 돌아왔다.

꿈이 너무나도 생생했고 그곳은 빛을 내뿜고 있는 신비함이 있는 아름다운 곳이었다. 꿈이 데려다준 그 공간의 풍경은 화창하게 맑은 날 산 정상에 잘 지어진 절이 있는 곳 같았다.

꿈에서 깨고 곰곰이 꿈을 다시 생각해 보았다.

평소의 꿈들은 그렇다 할 내용이 없다. 기억 또한 장면의 연결성이 없다. 그러나 이러한 묘한 신비가 있는 꿈들은 꿈속 장면들이 생생하게 기억날 뿐 아니라 어떤 말을 들었는지 명확하게 기억나며 그 목소리 톤까지 머릿속 기억에 저장되어 있다. 마치 어떤 곳에 가서 생생하게 보고 듣고 느끼고 온 실제 상황처럼 남는다.

이러한 꿈들의 의미를 발견해 내는 건 신비한 꿈들이 지속될수록 나에게 중요한 일처럼 다가왔다.

승미 아버지는 몇 년 전 60세인지 61세인지 생신을 보내시고 주무시다가 다음 날 아침 깨어나시지 못하셨다. 그분의 장례 소식에 내 부모님과 비슷한 연배에 건강하셨을 것 같은 분의 비보는 나의 마음도 적지 않게 슬픔에 공감하게 했다. 너무나 급작스러운 죽음에 가족들이 받을 상처를 감히 생각해 낼 수 없는 아픔일 거라 짐작했다. 타국에 있어서 그분의 장례식엔 가지 못했으나 멀리서나마 기도를 드렸었다.

"꿈에 승미 아버지입니다."라고 선한 미소를 보이신 것이 나에게 무언가 전할 부탁이 있어 꿈에 나오신 건가 싶었다. 나의 얘기를 다른 사람에게 잘하는 성향이 아닌 데다가 꿈 얘기라는 현실적이지 않은 얘기를 친구에게 하기 망설여졌지만, 그동안에 내가 받았던 초현실적인 현상들을 겪어 왔던 터라 그냥 지나칠 수 없었다.

전할 무언가가 있어 내 꿈에 어렵게 나오셨을 수도 있으니 용기 내 오랜만에 전화를 걸어 꿈 이야기를 전했다.

승미는 놀랍다며 안 그래도 아빠가 돌아가시고 단 한 번도 자기 꿈에 나오시지 않아 더 슬펐는데 본인도 어제 꿈에 아빠가 나오셨다고 이런저런 이야기를 하고 통화를 마무리하고 한 달 후쯤 이번엔 승미에게서 전화가 걸려 왔다. 결혼해서 살고 있는 승미가 친정에 갈 일이 있어 갔다가 엄마랑 이야기하는 중 내 꿈 얘기를 해 주었다 했다. 엄마가 신기하다며 자신이 그동안 남편을 급작스럽게 보내고 2년이 지나도록 잠도 제대로 못 자고 마음의 안정을 찾기 어려워 많이 힘드셨고 교회에서 봉사도 하고 기도도 했지만 나아지지 않으셨다. 그래서 어머님 친구의 권유로 성당에 다녀 볼까 고민하고 있었는데 이젠 괜찮으시다고 말해 주셨다고 전했다.

그날 꿈에 보였던 장면이 무언가를 전달하려는 의미가 있는 꿈인 듯했다. 찾아오신 승미 아버님이 나에게 하실 부탁이 있었던 것 같다는 생각이 더 강해졌다. 나를 바라보며 분명하게 자신이 누구인지 밝히며 인사를 했다는 게 마음에 걸렸다.

"안녕하세요. 승미 아버지입니다."

보통 친한 친구의 부모님이 나를 찾아와 인사를 하며 누군지 알렸다면 하실 부탁이나 전할 말이 있어서일 것이다. 그 꿈은 그런 의미로 해석되어 갔다.

승미는 결혼 10년 차이고 어린이집 선생님으로 아이를 무척이나 예뻐하는 친구인데 선생님 일도 그만두며 임신을 준비했지만 아이가 생기지 않아 시험관 시술을 받고도 실패하기를 여러 번⋯. 친구의 몸도 마음도 지쳐 있었을 때였다.

아기를 십 년 넘게 기다렸고 어려운 노력의 결과를 얻지 못한 슬픔과 절망은 진행 중이었다.

어떤 이유에서 내 꿈에 나오신 건지 모르지만 내가 할 수 있는 거라고는 기도가 전부였기에 돌아가신 분의 영을 위해 승미의 임신을 위해 남편을 먼저 저세상으로 떠나보낸 승미 어머님의 마음의 안정을 위해 성당에서 미사 때 영성체를 받고 난 후 기도드릴 때와 자기 전 기도에 한동안 승미네를 위한 기도도 함께 드렸다.

그리고⋯.

승미 아버지의 부탁이 기도였을까?

놀랍게도 10년의 걸친 몇 번의 시험관 시술에도 어려웠던 임신이 나의 기도 후 임신에 성공했다!!

꿈에서 보았던 나뭇잎 하나하나가 빛을 내고 분위기가 마음을 평온하게 했던 그 장소며 승미의 아버지와 고귀한 존재로 보이는 붉은색 천을 두른 옷을 입은 분이 보였던 묘한 꿈,

그때 묘한 그 꿈 이후 기도로써 바라던 일이 이루어졌다니 승미에게도 기적 같은 일이었겠지만, 나에게도 기적 같은 신비로운 일로 다가왔다.

그러나 몸이 약했던 탓일까? 승미는 임신기간 내내 매일 본인 스스로 주사를 맞아야 했다. 임신도 기적에 가까웠지만 무사히 건강한 아기를 출산하는 것도 중요했기에 생각날 때마다 기도했다.

배 속 태아도 승미도 건강하게 도와 달라고….

기도의 놀라운 기적이 닿은 것인지 돌아가신 승미 아버지의 선물이었을지….

2020년에 임신해서 2021년 2월 말 승미는 너무나도 사랑스럽고 예쁜 딸아이를 출산했다!!

꿈에서 자신이 누구인지 소개하며 인사한 것도 신기한데 꿈에서 깨어나 생각해 보니 돌아가신 친구의 아버지라니 어쩌면 부탁이 있기 때문에 꿈속에 찾아온 것이 맞을 수도 있다.

진실한 기도를 했었고 승미가 마음고생하는 걸 지켜봐 왔던 터라 들어주신 기도에 대한 감사와 감동이 밀려왔다. 이제는 건강하게 잘 지내길 기도해 봐야겠다.

내가 드리는 기도가 다 이루어지는 건 아니다. 하지만 난 기도의 힘을 믿는다.

세상은 늘 예쁜 꽃을 피우고 생기 있고 푸른 싹을 틔우다가도 먹구

름이 몰려와 예쁜 꽃잎을 떨어트리고 푸른 새싹에 차가운 추위를 가져다주지만 언제 그랬냐는 듯 따듯한 햇살에 연푸른 싹을, 다부져 보이는 늠름한 초록을 띠며 자라난다.

힘없이 져 버린 꽃도 다음 해 다시 사랑스러운 자태를 뽐내는 꽃을 피운다.

'기도가 주는 힘'

내 삶에, 우리의 삶에 드리우는 혼란의 그림자 속 하느님을 믿는 믿음이 나를 그리고 사람들을 세상의 유혹에 흔들리는 나의 삶을, 우리의 삶을 올곧게 잡고 착하게 살아갈 힘이 되어 줄 거라 믿는다.

기도의 기적은 내가 특별해서 이루어지는 게 아니다. 난 단지 하느님을 증명하기 위해 그분의 힘이 잠시 머물다 가시는지도 모르겠다. 모두의 기도가 기적처럼 신과 연결되어 있는지도 모른다.

기도의 힘이 있는 줄 안다. 모든 이의 삶에는 풀리지 않을 것 같은 문제들에 놓이게 되는 때가 있다. 현실의 한계상황, 그 각박한 현실에 하느님께 기도로 도움을 요청해 보기를 권한다. 하느님께서 그 문제를 헤쳐 나갈 힘을 주실 것이다.

그리고 보호해 주실 것이다.

믿음을 가지고 기도해 보자 모두의 삶이 세상에 기운차게 돋아나는 연두색 새싹처럼 많은 이의 푸른 꿈이 이루어지고 꽃피고 열매 맺는 따듯한 빛의 세상이 도래하길 기도해 본다.

Story 6
세례의 신비

소복이 내린 눈이 햇빛에 빛을 받아 새하얀 빛을 내듯
신비로운 순백의 빛깔을 내뿜는 말은
내 앞으로 내려왔다.
그리고 나는 꿈에서 작용하는 어떤 힘에 이끌려
하얀 말 위에 앉았다.

결혼식 날보다 몇 달 일찍 배 속에 찾아온 첫째가 결혼 4개월 후 태어났다. 신혼을 느낄 여유도 없이 아이를 키우며 많은 시간을 이전의 삶과는 다르게 보내야 했다. 출산은 나만 챙기면 되었던 삶이 나를 챙길 여유가 없는 시간으로 극명하게 바뀌는 일이었다. 물론 세상에 없던 아이가 태어나며 아기가 가져다준 행복의 크기에 비하면 힘듦의 수고는 아무것도 아니지만, 삶의 변화는 크다.

시어머니는 첫째 아들 정우가 6개월쯤 되었을 때 유아 세례를 받아야 한다며 유아 세례는 잘 몰랐던 나에게 세례 준비를 시작해 주셨다. 신앙의 증인으로 세우는 대부님이 있어야 한다고 신중하게 대부님을 정해 주신 듯 보였다. 약속된 시간에 맞춰서 성당에 오기만 하면 된다고 하셨다.

그런데 난 결혼도 낯선 성당에서 했고 첫째 아들도 유아 세례를 성당에서 받아야 한다고 하시고, 내 결혼, 내 아들의 종교까지 내 마음이 준비되지 않은 상태에서 해야 하는 게 불편했다. 좋은 뜻으로 열심히 준비해 주셔서 따라가지만 이걸 받아야 하나 선뜻 마음이 내키지는 않았다. 그리고 그 시기에 이단이라고 불리는 종교의 교인 세 명이 매일같이 집에 찾아와 성당이 좋지 않은 곳이라며 세례를 받지 말라고 했다. 내가 그동안 하느님 말씀 책이라고 읽었던 성경에 대해 새로운 해석을 명확한 답인 듯 알려 주던 때여서 더욱이 이 세례를 받아야 할지 고민했었다.

그런 나의 마음을 그분이 아셨던 걸까?

놀라운 꿈을 꾸게 되었다.

세례 받기 일주일 전,

꿈속에서 나는 손잡고 같이 길을 가던 아들을 뭐 하다 보니 아이가 없어졌다. 여기저기 헤집고 다녀도 아이가 보이지 않았다. 심장이 떨렸고 눈앞이 캄캄했다.

정신없이 아이를 찾다가 가던 길을 돌고 돌고 또 돌다가 지쳐 바닥에 주저앉아 버렸을 때, 높은 하늘에서 놀라운 광경이 펼쳐졌다.

평범했던 하늘에 거룩한 천국의 세상이 열리고 천국의 빛이 나의 어두운 꿈속을 환하게 비췄다.

그리고 그 빛 속에서 눈같이 새하얀 날개 달린 말이 날개를 활짝 편 채 내려오고 있었고 그 새하얀 말 뒤로 날개 달린 갈색 말도 함께 내려오는 장관이 펼쳐졌다.

사는 동안 한 번도 본 적 없는… 영화에서도 그림에서도 본 적 없는 영광스럽고 환한 빛을 가진 말이 내려오는 신비로운 광경이었다. 날개 달린 말이 가진 모습과 묘한 아름다움은 내가 알고 있는 그 어떤 단어로도 형용하기 어려운 신성하고 멋지고 고귀한 말이었다.

왕이 타는 말을 호화롭게 장식한 화려함과는 거리가 멀었다. 그 말 자체가 순수하게 뿜어내고 있는 자태는 말로 표현할 수 없고 그 어떤 말보다 품위 있으면서도 사랑스러웠다.

소복이 내린 눈이 햇빛에 빛을 받아 새하얀 빛을 내듯 신비로운 순백의 빛깔을 내뿜는 말은 내 앞으로 내려왔다. 그리고 나는 꿈에서 작용하는 어떤 힘에 이끌려 하얀 말 위에 앉았다.

그 말은 다시 날아올라 나를 적색 벽돌로 된 건물 위에 살포시 내려

주었다.

그리고 그 건물 안에 들어가자 내 아들이 있었다.

벅차오르는 감격에 무한한 기쁨으로 어지럽게 찾아 헤맸던 사랑하는 아들을 품에 안았다. 처음 잃어버려서 그런지 찾은 후의 안도감과 감격이 밀려왔다. 내 품에 아이를 더 꼭 안았다

그리고 주위를 둘러보니 그 건물 안에 5~6명 정도 아이가 있었는데 자매로 보이는 아이들도 있었고 아이들은 제법 잘 차려 입혀져 있었다. 그런데 옷이며 머리카락이며 이상한 형태의 조금의 먼지와 때가 묻어 있었다. 그리고 잠에서 깨었다. 꿈은 현실보다 더 선명한 기억을 남겼다. 현실에서의 경험보다 꿈이 더 선명할 수 있다는 것이 놀라웠다. 엄청난 실체를 본 것 같았다. 현실의 세계가 아닌 세계에서 온 초현실적인 현상을 경험한 듯했다.

세례를 받기 일주일 전쯤 꾼 꿈이어서 아이들이 세례 받기 전이라 영이 더러운 상태라는 건지 그 모습을 끝으로 꿈에서 깨었다.

하늘에서 날개 달린 말이 내려와서 잃어버린 내 아이를 찾게 도와준 건 무슨 뜻을 지닌 꿈인지는 모르지만, 천상에서 전해준 것 같은 영적인 신비가 있는 꿈으로 다가왔기에 시어머니께 희한한 꿈을 꾸었다고 말씀드렸었다.

그리고 세례를 받는 날 남편은 회사 다닐 때 입는 스타일의 정장을 입고 나는 평소 안 입던 단정한 옷을 차려 입고 아들 정우도 우리와 같은 단정한 스타일의 옷을 입혀 약속된 시간에 성당으로 향했다. 성당은 몇 번 안 가 본 성당이어서 건물 자재를 자세히 보지 않았었는데 그

날은 성당의 적벽돌이 눈에 확 들어왔다.

꿈에서 보았던 그 벽돌이네…. 생각하며 성당에 들어섰고, 그리고….

그날 세례 받는 아이들이 꿈에서 본 아이들의 수와 대략 맞았으며 자매로 보이는 아이들도 있었다.

유아 세례식은 보좌 신부님께서 해 주셨고 아이들이 차례로 세례를 받았다.

세례 받는 아기와 부모님 그리고 세례 받는 아기의 대부, 대모님이 증인이 되어 주었고 앞으로 신앙생활을 잘할 수 있도록 함께 도와주는 역할을 하게 된다.

우리는 조부모님까지 참석한 가운데 세례식이 진행되었다.

나는 아이를 안고 신부님은 아이의 이마에 성호를 긋고 목뒤에 기름(축성된 기름은 사람의 마음을 열어 하느님께 향하게 하고, 악의 유혹에 대항할 힘을 주며, 성령이 주시는 치유의 힘을 통해 건강을 청하는 행위에 사용되는 은총의 상징적인 요소임)을 바르고 절차에 따른 세례식이 진행되었다. 어떤 신비한 힘이 눈에 보이지 않지만 이 세례식은 분명 하늘에서 내려온 성령의 축복임이 맞다는 걸 하느님께서 예지몽을 통해 나에게 보이신 듯했다.

우리가 이 세상에 죄 때문에 왔고 죄를 씻는 세례가 중요하다는 걸 꿈을 통해 보여 주신 걸까?

빛이 나며 날개 달린 하얀 말이 내려오는 꿈은 10년 전 꿈임에도 잊히지 않는 은혜롭고 감동적인 꿈이었다. 그리고 어김없이 나와 나의 아이의 첫 세례 때마다 신비로운 꿈을 꿨다. 견진이라고 영성체 세례 이후에 받을 수 있는 견진 세례 때는 특별한 꿈을 꾸지 않았다.

첫째 아들의 유아 세례 이후 10살 때 받는 첫 영성체 세례 때도 신비로운 꿈은 꾸지 않았다.

태어나서 첫 번째 세례가 영적으로 가장 빛나는 선물인 것처럼….

그리고 나의 세례 때 또 신비로운 꿈을 꾸었다. 한국에서 첫째 정우 유아 세례를 받고 외국에서의 세례는 처음 겪어 보는 일이었다.

대부분의 꿈은 기억이 잘 안 나거나 내용이랄 게 없다. 그런데 꼭 뭔가 일어날 일을 예지해 주는 예지몽은 꿈이 꿈인지 모를 정도로 생생하다. 이날의 꿈도 그러했다.

꿈의 장소는 거대했다. 그곳은 거대한 성전의 내부였다. 많은 인파 속에 내가 있었다. 아치형으로 된 천장과 유럽풍으로 된 거대한 성전 안에 수많은 사람들이 모여 세례식을 하고 있었다. 새하얗고 환한 빛이 들어찬 공간이 아니라 황금색 빛이 들어찬 공간이었다. 그 거대한 성전의 내부 벽면이 황금으로 지어진 건축물인 듯 황금색 빛이 있었다.

나는 어떤 나이 드신 할머니께서 머리에 성수를 부어 주셨는데 얼굴을 옆으로 한 채 쪼르륵하고 이마에 흐르게 성수를 부어 주시는 꿈이었다. 수많은 사람들이 크고 웅장한 성전에서 함께 받는 세례식은 많은 사람들에게 동시에 공평하게 주시는 축복인 듯 보였다. 분위기가 매우 경건했으며 성스러웠다.

그리고 그 꿈을 꾸고 난 며칠 뒤 세례 받는 날이 되어 미사 전 세례식이 이루어졌다. 나는 그동안 신비로운 꿈을 자주 꿨던 것도 그렇고 뭔

예지몽 꾸는 세실리아

가 특별한 은혜를 받은 사람인 듯하여 내 첫 세례식 때는 성전에 하얀 비둘기라도 신비롭게 날아들어 오는 영화 같은 일이 있으면 어쩌지?

혼자 상상을 펼치며 어린아이 같은 걱정 아닌 걱정을 했다. 하지만 성당엔 벌 한 마리도, 나비 한 마리도, 새 한 마리도, 개미조차 들어오지 않았고 조용하고 여느 때와 다르지 않은 브라질에서 자주 보는 화창한 날씨였다.

그런데 조금 생소하지만 나는 꿈에서와 같이 성수를 흘려보내 듯 이마를 비스듬히 하고 성수가 이마를 씻어 주듯 흘러 내려갔다. 이것도 예지몽이었구나 싶었다. 첫째 유아 세례 때는 이마에 물을 살짝 묻혀 주고 목뒤에 기름을 발라 주었던 것으로 기억이 나는데 나의 첫 영성체는 다른 방식인 건지 세례가 처음이라 몰라서 그런지 생소한 이 행동이 꿈과 맞아서 또 한 번 신기했다. 그리고 성호경이라는 걸 그었을 때 내 몸에 또 다른 기운이 퍼지는 신비로운 느낌이 있었다.

처음이라 그런지 처음 2~3개월은 성호경을 그을 때마다 느껴지는 묘한 기운이 있는 듯했다.

그리고 몇 개월 뒤 막내아들 유아 세례 때 꿈속 성경 해독가라는 분이 나에게 두 개의 날짜를 알려 줬는데 그게 하나는 세실리아가 낳은 아들이….

한 날짜가 열차가….라고 알려 준 날짜였다(초반에 언급했던 꿈의 내용).

신기하게도 난 그렇게 아이들과 나의 첫 세례 때마다 예지몽을 꾸었다. 매번 아주 중요한 일이라는 암시같이 말이다.

2011년 첫째의 유아 세례 때 하늘에서 내려온 말은 그 광경이 초현실적인 세계의 실체를 마주한 듯 뛰어나게 아름답고 신비로웠다. 그것은 그냥 밝은 빛이 아니다.

'빛을 내는 하얀 날개 달린 말' 그런 감동은 이 세상에서 볼 수 없는 것임에 틀림없다.

천국에서 내려온 말이라 확신될 만큼 내가 사는 세상에서나 꿈의 세상에서나 다시없을 신비로움을 초월한 광경이었다.

첫째 아들의 유아 세례는 하느님께서 내려오셔서 함께 한다는 것처럼 신비와 영광스러움을 느꼈다.

주변 지인들은 내 꿈이 잘 들어 맞는 걸 듣고 영이 맑으면 그런 것들이 보이는 사람도 있다고 말해 주었다.

영이 맑은지 내 영을 들여다볼 수는 없지만….

유아 세례.
새로 태어난 아기에게 세례를 베푸는 것입니다. 유아세례를 통해 하느님의 구원은총이 무상으로 주어집니다. 하느님의 강복을 받으며 성장하게 됩니다. (교리서 p189)

예수님께서는 십자가에 못 박혀 돌아가시기 전, 예루살렘에서 제자들과 함께 최후의 만찬을 행하셨습니다. 만찬 중에 예수님은 제자들에게 빵과 포도주를 나누어 주시며 이를 '내 몸'과 '내 피'라고 말씀하셨습니다.

이는 바로 세상의 구원을 위하여 돌아가실 예수님 자신을 의미합니다.

"나는 생명의 빵이다. 너희 조상들은 광야에서 만나를 먹고도 죽었다. 그러나 이 빵은 하늘에서 내려온 살아 있는 빵이다. 누구든지 이 빵을 먹으면 영원히 살 것이다. 내가 줄 빵은 세상에 생명을 주는 나의 살이다." (요한 6:48-51)

꿈에서 본 하늘에서 내려오는 빛나는 말을 표현한 그림

그곳은 짙은 갈색의 어둠 속이었다. 정우를 찾다 지쳐 땅에 주저앉았다. 주저앉으니 그제야 하늘이 보였다. 그리고 하늘의 광경에 눈을 뗄 수 없었다. 하얀 빛을 내뿜는 말이 저 하늘 높은 곳에서 내려오고 있었다.

어두웠던 꿈속을 환하게 비추며….

그 뒤에 갈색 말도 함께 내려오고 있었다. 아이를 잃어버린 엄마의 마음처럼 잿빛 공간이던 그곳을 그 말이 발산하는 빛이 전혀 다른 공간으로 신비롭게 물들이고 있었다.

그리고 빛을 내는 말이 내 앞에 내려왔다. 나는 그 말을 탔다고 해야 하나 그 말이 나를 태웠다고 해야 하나 그 말을 타니 빛을 내며 내 마음을 빠져들게 하는 말이 다시 날아올라 어느새 도착한 적색 벽돌로 된 건물 위에 나를 내려 주었다.

그리고….

그토록 찾아 헤매도 보이지 않았던 아들 정우를 그 건물 안에서 볼 수 있었다. 그 건물 안에는 어린아이들이 있었으며 아이들은 잘 차려 입은 옷이었지만 옷에 먼지와 때가 묻어 있었다.

그저 꿈이라고 지나쳐 버릴 수 없는 꿈에서 깨었다. 며칠 후 세례 날 신기하게도 성당은 적벽돌로 건축된 건물이었으며 꿈에서 본 아이들이 그 건물 안에 있었다.

성경에서는 우리는 죄 때문에 이 땅에 태어났다 한다. 신기하게도 인간의 권리는 자유인 것처럼 자유로운 삶을 살아가지만, 그 자유로운 삶 안에서도 책임과 삶의 무수히 많은 규칙들 속에 반복적인 일상을 살아간다. 죄 때문에 지구라는 감옥에 갇힌 걸까? 살아 있을 때 우린 회개를 통해 깨끗한 영혼이 되어야 하는 것일까? 세례를 받을 때마다 천국이란 곳에서 보내오는 빛나는 편지를 받은 듯했다.

　　　　　　　　　　　　　　　예지몽 꾸는 세실리아

많은 사람들이 겪는 일은 아닌 듯하다. 혼자만 알고 신기해하고 지나가기엔 내가 행동하고 보여 주어야 할 기적의 이야기들이 있으니 하느님께서 나를 쓰시려고 애쓰셨을 수도 있는데 그냥 묻어 버릴 이야기가 아닌 듯했다. 정우가 성당에서 유아 세례만 받고 나서 우리 가족은 성당에 나가지 않았다. 그토록 놀라운 꿈을 꾸고도 이전의 삶을 바꿔 놓지는 못했다. 그리고 일 년 뒤, 남편의 이직으로 브라질에서 살고 있을 때 사고를 겪고 나서 그 이후로 성당을 매주 안 빠지고 다니고 있다. 그 사건은 마치 보이지 않는 존재에게 혼난 것처럼 두려웠다.

브라질에서의 집은 성당이 차로 40분 거리에 있었다. 워낙 한국인이 적은 도시에서 살고 있었던 터라 한인 성당의 존재는 성당을 제대로 다녀 본 적 없는 나에게 외로움을 달래 볼 요량 정도로 '한번 가볼까?'라는 생각이었다. 그래서 우리 가족은 한인 성당을 한두 번만 가서 미사를 드리고는 더 가지 않았다. 평소대로 주말은 여행을 가거나 집에서 쉬며 지내었다.

그러던 어느 날 출근한 남편에게서 다급한 전화가 왔다.

"예은아! 정우가 유치원에서 다쳤대!!"

"뭐? 어디가 얼마나 다쳤는데??"

"나도 연락 받고 가는 중이야. 머리가 좀 다쳤나 봐. 직원이 너 데리러 갈 거야 준비하고 내려와."

집 앞으로 도착한 현지 직원의 연락을 받고 직원과 함께 병원 응급실로 향했다.

응급실 침대엔 정우가 누워서 놀람과 아픔에 큰 소리를 내며 울고 있었고 그 곁에 현지 수녀님이 서 계셨다.

그 동네에 안심하고 보낼 수 있다는 성당에서 운영하는 유치원은 집에서 좁은 골목길 건너에 위치하고 있어서 나는 무척 다행이라고 생각했었다. 성당에서 운영하는 그 유치원에 정우를 보내며 여러 면에서 완벽하다고 생각했었다.

'그런데 이게 무슨 일인가….'

정우는 계단에서 넘어져 이마가 찢어졌다고 했다.

찢어진 부위로 하얀 뼈가 보이며 나는 그 자리에서 다리에 힘이 풀려 주저앉았다.

다행히 피부만 봉합하면 된다고 했지만, 작은 얼굴에 7바늘 정도의 봉합 수술은 엄마인 나의 마음에 커다란 상처를 남겼다. 브라질 시골 마을에 오래된 병원이어서 그런지 피부 봉합은 아이의 작은 이마에 커다란 흉터를 남겼다.

그리고 그날 밤 설친 잠 속에도 꿈을 꿨다.

두 번 남짓 가 보고 안 갔던 한인 성당 안에 나무의자에 나는 앉아 있었다. 재단 쪽에서 한 남자가 다가왔다.

키가 컸으며 발이 보이지 않는 흰 긴 옷에 푸른색 영대를 두른 신부님이 나에게 다가와 말하기를

"하느님께서는 인자한 분이시지만 두려워해야 한다."

음성은 신비로운 울림이 있는 목소리였다. 내 앞에 선 사람의 입모양이 움직이며 하는 말이 아니라 꿈의 공간에서 울림이 있는 신의 음성처럼 꿈의 공간을 장악할 만한 목소리로 말은 간결하면서도 압도당

하는 힘이 있었고 미사를 집전하는 신부 옷을 입은 분의 얼굴은 보이진 않았으나 뭔가 울림이 있는 음성이었다. 꿈에선 마치 우리 가족이 성당에 한두 번 가고 안 나오니 "하느님은 인자한 분이시지만 두려워해야 한다."라고 알려 주며 혼내는 것처럼 느껴졌다.

그 뒤로 10년이 지난 지금까지 특별한 일이 아니고서는 성당에 나가고 있다. 이전엔 남편도 나도 성실한 신앙심으로 다니던 사람들이 아니었는데 그 사건 하나로 신앙인으로서의 태도가 180도 바뀌었다고 봐도 될 정도다. 눈에 확연히 드러나는 형태는 없으나 보이지 않는 신비로운 무언가가 있는 걸까? 자상하게 부르셨지만 이전과 같이 살아갈 것이 확실하니 무언가 보여 주셨어야 했던 걸까? 그날 이후 10년이 흐른 지금도 일주일에 한 번 주일미사에 지속적으로 참여하고 있다. 이전의 나에게는 전혀 어울리지 않는 삶이다. 눈에 명확히 드러나는 신비로움이 보이는 곳이 아니다.

혼자였을 때도 거의 다니지 않았던 곳인데 1분도 제자리에 앉아 있기 힘들어하는 두 돌 된 아이를 데리고 유아실이 없는 성당에 다니는 일은 결코 쉽지 않았다. 신자가 많은 성당에서 감미로운 성가가 울려 퍼지는 곳도 아니고 열 명 남짓한 교인이 전부인 작은 한인 성당은 그다지 매력적이지 않았다. 그런 성당에 매주 나가 미사를 드렸고 한국에서 영성체 교육받다 도저히 나랑은 안 맞아서 그만두었던 나는 이 작은 성당에서 세례를 받고 두 아들을 더 낳고 두 아들도 세례를 받게 되었다.

성당을 배경으로 한 꿈에서 전해 들은 메시지는 명확했다. 놀라움에 휩싸여 나는 이전의 삶으로 되돌아갈 수 없었다. 보이지 않는 거대한 존재가 내 삶에 깊숙이 들어왔다.

아마 나와 같은 경험을 한 사람이 있다면 그가 누구든 삶에 영향을 미쳤을 것 같다. 나와 비슷한 확신을 갖게 되었을 듯하다.

이 신비로운 현상이 전해 주려 하는 메시지는 무엇일까?

세상은 시간이 흐르고 발전하고 교육수준이 높아져도 내가 느끼기에는 세상의 커다란 흐름은 크게 변한 것 같지 않다. 여전히 몇백 년 전 귀족과 같은 상위 1%라는 부유층이 존재하며

100년 전 시대 가난한 이들처럼 밥만 겨우 먹고살거나 먹을 식량이 없어 굶주리는 사람들이 있고 세계 곳곳에 전쟁과 같은 분열이 일어나고 있으며 자연재해 또한 계속되어 왔다.

잘산다고 행복만 있는 삶도 아니며 못산다고 꼭 불행한 것도 아닌 듯 보이는 세상.

우리가 왜 이 세상에 존재하는지 알아야 할 중요한 이유가 있는 것 같다는 강한 궁금증이 생겼었다.

그리고 가난, 질병, 사고와 같은 불안정한 세상 속에 믿고 의지하고 싶은 강한 존재의 절실함이 있다.

부모도 나를 계속 쫓아다니며 도와줄 수 없으니 내가 믿고 의지하고 픈 존재가 누구에게나 필요한 듯하다.

가끔은 뉴스에서 잘못된 종교에 빠져 맞아 죽는 경우도 있고 사랑하는 가족과 떨어져 살아가는 이들도 있다. 자식도 버리고 전 재산도 내어 주며 강한 믿음으로 봉사하다. 모든 걸 잃고 방황하게 되는 경우도

보았다. 인간이 절실히 신적인 존재나 무속이나 단순히 손에 난 손금도 예사롭지 않게 보이고 작은 것이라도 의지하려는 믿음의 힘이 있구나라는 생각이 들었고 누군가는 이점을 교묘히 이용해 자신의 잇속을 차리기 위한 희생양을 삼으려 하고 그 희생된 순수한 사람들이 안타까워 보였다.

내가 학창 시절에 아버지는 '그것이 알고 싶다' 프로그램 중 아이들이 알아 두면 좋을 편들은 꼭 같이 보며 마약의 문제점이라든지 사람은 함께 살아가야 하지만 사람을 믿는 건 조심해야 한다는 부분이 강조되는 다양한 사기 사건들, 사이비 종교 편 이런 것들을 보여 주셨다. 무섭기도 하고 세상에 좋은 부분도 많지만 어두운 부분도 알고 조심해야 한다는 건 다소 충격적이지만 중요한 교육이 되었던 것 같다.

우리가 믿음에 대한 부분도 청소년들에게 건강한 믿음 생활에 대한 교육도 필요할 듯하다. 사회적으로 끊임없이 희생자들이 생겨나는 것을 보면 간략하게라도 종교에 대한 문제점과 건강한 믿음에 대한 부분을 부모든 학교든 한 번은 짚어 주어야 할 것으로 보인다.

나는 다수의 예지몽을 꾸었지만 어디까지나 아주 평범한 사람이다.

그 누구도 신이 주신 타고난 능력이 있다 하여 많은 사람들을 제멋대로 종용하고 통제하고 자신은 배불리 먹으면서 신자는 학대거나 기본적인 교육도 못 받게 하거나 봉사라는 명분에 쉴 틈 없는 노역에 메이게 해서는 안 될 것이다.

"삶에서 오는 불안감에 종교를 갖고자 하는 사람들에게 믿음으로 마음의 평안을 얻는 것이어야 하지 종교지도자들을 믿고 그들이 원하는 것에 이용당해서는 안 될 것이다."

　*　영대는 신품성사를 받은 성직자의 권한과 그 품위를 뜻하며 대중
에게 하느님의 말씀을 전하는 사제의 거룩함을 뜻한다고 한다.
　꿈에서 보인 사제복을 입고 푸른 영대를 한 분은 나에게 하느님의
말씀을 전해주려고 푸른 영대를 두르고 나타났을 수도 있는 듯하다.

Story 7
사이비 종교

나를 땅속 깊은 곳으로 연결된 터널로 미끄럼 타듯 빠지게 했다.
가도가도 끝이 없을 것 같이 내려가고 또 내려가기를
반복하면서 미끄러져 내려가다가
땅속 깊고 어두운 곳에 도착했다.
동굴 속 같기도 하고 암흑같이 어두운 곳에서 계단을
반 층 정도 더 내려간 곳에
하얀 한복을 입은 키 작은 여자가 서 있었고 들리는 음성이
'네가 말한 이다.'라고 했다.

중학교 2학년 때쯤 6학년이었던 여동생이 친구를 통해 알게 된 교회가 있었는데 그 교회 목사님 아들이 엄청 잘생겼다고 언니도 같이 가보자 했다. 그래서 나는 단지 잘생긴 교회 오빠를 보기 위해 동생과 함께 일요일 예배에 참석하게 되었다. 청소년 예배는 〈찬미 예수〉라는 찬송가가 꼭 가요처럼 듣기 좋았고 새로 온 자매님이라며 〈당신은 사랑받기 위해 태어난 사람〉이라는 노래를 불러 주며 그 노랫말이며 교회 안에 있는 사람들에게 노래로 받는 환영은 어린 내 마음을 감동시켰다. 노래도 불러 주고 환한 미소로 반갑게 맞아 주었다. 그리고 마치 밴드부를 연상시키듯 목사님 딸은 피아노 반주를 동생이 말한 잘생긴 목사님의 막내아들은 TV에서 볼법한 잘생긴 외모에 멋지게 드럼을 치고 있었다. 난생처음 들어 보는 라이브 드럼 소리는 마치 내 심장도 빠르게 비트 있게 뛰게 만드는 듯했다.

그 뒤로 집에서는 조금 떨어져 있지만 작은 개척교회인 감리교회를 동생과 2년 정도 다녔고 나중엔 언니도 같이 다니게 되었다. 우연히도 언니와 찬송가 반주하는 언니는 같은 학교에 같은 반이 되었다.

교회에서 하는 성경학교며 수련회며 잘생긴 목사님 아들 덕분에 설레는 마음으로 열심히 다녔다. 학교 수업에서 발휘되지 않았던 집중력이 교회에선 어찌나 잘 집중되던지 교회의 목사님 말씀에는 끌어당기는 힘이 강한 듯했다. 그곳에서 어느 날 사이비 종교에 대한 설명을 했었다. 하얀 보드판에 마인드 맵처럼 핵심을 짚으며 잘 설명해 주셨다. 교회의 종류가 있는데 조심해야 할 종교들이 있다면서 사이비 종교 몇 군데는 결혼도 짝지어 준 사람과 해야 하며 어떤 곳은 전 재산을

다 내고 교회에서 나눠 준 집에 살며 교회가 운영하는 사업체에서 일해야 한다고…. 교주가 죽지 않는다고 했는데 죽었다는 얘기며 목사가 신자들에게 해서는 안 될 범죄를 저지르는 경우도 있으니 조심하라는 당부도 들었다. 무엇보다 종교 안에서 정해 준 사람과 결혼해야 한다는 그 이야기가 가장 비극적이게 들렸다.

그때 그 짧은 시간에 화이트보드 판 하나 놓고 받은 교육이었지만 종교에 대한 분별력을 가져야 한다는 건 확실한 교육이 된 듯하다. 그 후 잘생긴 목사님 아들도 내 남자친구가 될 수 없음을 알게 되고 사랑의 콩깍지가 벗겨질 때쯤 교회에 대한 관심도 함께 멀어져 가 교회에 다니지 않게 되었다. 그리고 20대가 되어서 길을 다니다 보면 정장 입은 사람들이 붙잡고 복이 많아 보인다며 잠깐 얘기 좀 하자고 붙잡는 사람들을 종종 만나게 되었다. 저들은 무엇을 확신해서 열정적으로 뭔가를 전하려고 할까 궁금하기도 했다. 한 사람을 두세 명이 에워싸고 능숙한 말 솜씨로 얘기하면 따라갈 수도 있겠다 싶었다.

엄마 지인 중 한 명은 어떤 목사가 이끄는 교회에 전 재산을 다 주고 교회가 하는 사업에 판매사원으로 일하며 늘 가게를 지키거나 판매 영업을 하시는 듯했다. 교회 사업에서 주는 급여가 적었는지 여기저기서 돈을 빌려 쓰는 듯했다. 엄마도 천만 원가량 빌려드렸는데 준다는 날짜보다 몇십 년이 지난 지금까지도 받지 못했다고 했다. 수십 년을 아이도 키우며 부부가 모두 교회가 하는 사업체에서 일도 하시는 듯했는데 가세는 여전히 기울어 있는 듯했다. 집 근처 그분들이 사는 동네가 있어서 가끔 버스 타고 지나가다 본 적이 있었는데 허름한 집들이 오밀조밀 모여 있고 1980년대에서 멈춰 있는 동네 같아 보였다.

현재는 어떤지 안 가 본 지 오래되어 모르지만 그 근처로 최근에 개발이 크게 되었다고 들었는데 땅값으로 얻어진 수익은 함께 애쓴 교인들에게도 나누었길 바라본다.

사이비라 칭해지는 교회들을 잘 모르지만 가끔 뉴스에 나오는 사건들을 보면 잘못된 종교를 믿게 되어 평범한 생활을 하기 어려운 상태로 삶을 흔들어 놓고 순수한 사람들부터 가정에서도 벗어나게 하고 사회적으로 고립되게 하는 듯해 보였다. 물론 사이비 종교라 해서 다 잘못된 종교라고 색안경을 끼고 보고 싶지 않다. 다른 종교들 안에서도 믿기 어려운 범죄들이 일어났었다.

그래도 뭔가 종교에 대한 분별력을 가지고 있다고 생각하고 살아왔던 나에게 종교에 대한 혼란을 가져온 일이 있었다.

늘 노느라 일하느라 바쁘게 살아온 나에게 결혼과 함께 찾아온 출산은 바쁘지만 어딘가 모르게 허전했다.

육아는 엄마가 나보다 9살 어린 남동생을 낳고 키우시는 모습을 보고 자란 터라 낯설진 않았다. 그렇지만 매일 오로지 혼자 돌봐야 하는 육아는 어렵고 힘들고 외로웠으며 그동안의 나의 삶과 전혀 다른 삶의 시작이었다. 주부로서 밥도 차려야 하고 아기도 돌봐야 하고 청소도 해야 하고 18평 작은 집에 세상 처음 보는 귀여운 아기와 갇혀 있는 듯했다.

남편은 여전히 회사에 다니고 회식도 하고 친구도 만나고 크게 다르지 않은 생활이었다.

신혼이지만 남편은 퇴근해서도 아기를 예뻐하지 않았고 밥이라고 만들어 본 적이 일 년에 한 번 정도 있을까 말까 했던 내가 어설프지만 애써 해 준 밥이 맛없다 했다. 결혼하고 직설가에 짓궂은 초등생으로 변한 남편에 대한 배신감도 컸지만 집에만 있으며 아기 돌보랴 청소하랴 보풀난 옷이며 부스스한 머리 스타일이며 거울을 봐도 매력이 없어 보이긴 했다…. 현실은 드라마 속에 나오는 다정한 부부들의 모습과 달랐다.

그렇게 변화된 일상 속에 살아가던 나에게 찾아온 이들이 있었다.

서울에 있었던 신혼집 건물은 보안이 설정된 문이 아닌 개방된 1990년대 지어진 빌라였다. 덕분에 오후 2~5시는 성당의 수녀님, 교회의 전도사님, 불교의 스님, 사이비 종교인들까지 초인종을 누르거나 문을 두드렸다.

갓난아기를 키우는 나로서는 너무 불편하고 그들이 귀찮고 싫었다. 지금도 그러는지는 모르지만 2011년에는 그랬다.

아이와 여느 때와 다름없이 오후를 보내고 있을 때 또 초인종이 울렸다. 주로 집에 사람이 없는 척을 했었지만 이번에 찾아온 사람들은 벨도 누르고 문도 두드리는 통에 어쩔 수 없이 대꾸를 했다.

그들은 "안녕하세요. 저희는 학생인데 설문조사를 받고 있습니다." 라고 말했다.

"그런 거 안 해요."

"영상 짧은 거 하나만 봐 주시면 됩니다." 하며 여러 번 부탁했고 순수하고 착한 얼굴을 띤 그 여자분들을 냉정하게 거절하긴 쉽지 않았다. 대충 설문조사에 응해 줘야지 하는 생각으로 문밖에서 영상 하나를 봤다.

영상은 자연재해 속에서 기적같이 살아남은 이들에 대한 이야기인데 그들은 하나님의 보살핌을 받는 자신들 종교의 교인들이었다고 세계적으로 퍼져 나가 있으며 기적을 일으키는 교회라며 앞으로 다가올 종말에도 살아남는 기적이 있다 했던가 여하튼 많은 사람들이 믿고 있고 전 세계에서 비둘기처럼 온다는 성경 말씀처럼 한국에 자신들의 교회를 보러 온다 해서 "아…. 네…. 알겠습니다. 그런 거 안 믿어요." 했더니 성경 말씀으로 무장한 듯 성경 구절을 읊으며 성경에 나와 있는 대로 실천하고 있다고 했다. 그칠 줄 모르는 말들에 알았다고 하고 겨우 집에 돌아왔다.

성경을 보여 주며 확신에 찬 듯한 그들의 주장은 강력해 보였지만 나에겐 대수롭지 않게 들렸다. 친한 친구 하나 없는 낯선 동네에 낯선 집에 아직 얼마나 사랑스러운지 모르는 귀엽지만 어떻게 돌봐야 할지도 잘 몰라 책에 의존하며 키우고 있는 아들.

결혼하고 아이를 낳고 난 이후부터 세상 남보다 못한 것 같은 남편과 자주 찾아오는 종교인들은 비교적 자유로운 삶을 살았던 나에게 설렘이 가득하고 사랑이 넘치는 신혼과는 거리가 먼 현실이었다.

화조차 낼 기운도 없이 지낸 다음 날 그 사람들이 또 찾아왔다. 전날 한번 봤던 터라 더 반갑게 인사하는 그 사람들을 매몰차게 차단하기란 쉽지 않았다.

마치 한 명 걸려들었다는 듯 전교의 그다음 순서가 진행된 것처럼 친구인 듯 반가운 얼굴을 하고서 성경 구절을 보여 주며 자신들이 믿는 신앙을 알려 주었다. 교회나 성당, 불교는 잘못된 종교라고 했다.

말은 아주 강하게 그 주장에 근거되는 성경 구절을 말했다.

나와 말싸움이라도 하듯 퍼부었다.

무슨 소리냐 당신들이 보는 책에만 쓰여 있는 내용 아니냐 물었지만 내가 가진 성경에서 찾아 주겠다며 집에 있는 성경을 달라더니 같은 구절을 찾아 주었다. 그렇게 그들의 얘기에 말려들었다.

성모 마리아에 대한 비난도, 십자가 또한 부정하며 이야기들을 쏟아 붓듯 설명했다.

그동안 교회도 다녔었고 기도도 자주 했던 나여서 그들의 확신의 찬 성경 내용을 반박하고 싶었지만 외우고 있거나 좋아하는 성경 구절도 없는 나는 딱히 뭐라고 할 말이 없었다. 어릴 때부터 기도로 하느님을 수없이 찾아 놓고 그분의 이야기를 아는 것이 없구나, 존재를 느끼고도 그들 앞에서 아는 것이 없어 한없이 초라해졌다.

늘 보던 성경이 낯설게 느껴졌다. 그리고 그동안 눈여겨보지 않았던 이사야서를 설명하며 큰 재앙이 곧 올 것처럼 설명했다. 성경에 나오는 여러 구절을 짚어 주며 자신들의 종교를 설명하는데 없는 얘기가 아닌 것 같았고 반박할 구절도 성경 지식도 없는 나 자신이 초라해졌다. 그래도 사이비 종교인 듯 듣도 보지도 못한 교회였기에 그 사람들의 말을 믿을 순 없어서 다시 오지 말라고 하고 마무리 지었다.

그리고 그날 오후 좁은 거실에 신혼 가전 TV가 한쪽 벽면에 꽉 채워진 거실에서 여느 때와 다름없이 시청하던 중 뉴스 속보가 나왔다.

2011년 3월 11일 14시 동일본 대지진해일 발생 상황이라며 어마어마한 지진해일에 속수무책으로 휩쓸려 가는 집들이 실시간으로 방송되었다. 며칠 출장 중이라 집에 안 들어오는 남편을 제외하고 난 아기와 혼자 재앙 수준의 지진해일 상황을 놀란 마음으로 시청하며 당일 다녀간 교회 신도들이 짚어 주고 간 성경 중 이사야서가 머릿속을 어지럽게 대뇌이고 있었다. 실종자와 사망자가 2만 명이라니 그곳의 상황이 어떨지 같은 사람으로서 마음이 아프고 자연의 힘이 무섭고 두려웠다. 그리고 다음 날 또 그분들이 오셨다. 남편이 집에 없어서 놀란 마음을 풀 곳이 없었던 나는 그분들과 놀란 마음으로 이야기를 나누며 가까워졌다. 가까운 곳에 교회가 있다며 가 보자 해서 다른 날 약속을 잡고 교회에 가 보았다. 교회는 서울 서초동 값비싼 땅인 역 근처에 자리 잡고 있었고 외관도 잘 지어진 건물이었다. 성경 말씀대로 지어진 교회라면서 모든 근거를 성경으로 들며 설명했다.

내가 믿는 종교는 거짓 종교인 듯 성경 속 구절을 보여 주며 나를 설득했다. 불안감을 조장하기 위한 것일까?

그동안 그냥 보던 성경이 확답이 적혀 있는 교회의 정답지 같아 보이고 그들의 설명은 성경의 해답이 명확한 듯 성경 전체를 보며 자신들이 주장하는 바를 성경책 구절을 보여 주며 퍼즐 맞춘 듯 맞춰 갔다.

가족 중 자신들의 종교를 믿지 말라고 하면 가족이랑 싸워야 한다고도 했다. 성경에 그렇게 나온다면서…. "네? 싸우라고요?" 나는 휩쓸리듯 그들의 말에 귀 기울였다.

불과 몇 주였지만 그 세 명의 전도사들은 나에게 빠른 속도로 내 일

예지몽 꾸는 세실리아

상에 끼어들어왔다. 매일같이 나에게 연락하고 찾아와 그 종교에 대한 이야기들을 강하게 밀어붙이듯 주장했다. 다른 생각을 할 시간을 주지 않으려는 듯 매일 연락하고 매일 찾아왔다. 동일본 대지진과 맞물려 성경 구절을 귀에 쏙 들어오도록 설명하고 내가 믿었던 기독교며 천주교는 거짓 종교라 각인시키며 종교에 대한 새로운 인식을 심어 주고 있을 때쯤 남편이 1달 남짓한 출장을 마치고 돌아왔다.

　수시로 연락 오는 그 사람들이 누구냐 하기에 성경에 나온 대로 믿는 종교인데 진짜 성경에 그들이 주장하는 바가 다 나와 있어라며 설명을 해 줬더니 남편은 적지 않게 놀랐다. 인터넷에 어떤 종교인지 찾아보니 사이비 종교이며 그 종교에 빠져 자식도 돌보지 않고 교회에 나가 봉사하는 데 대부분의 시간을 보내는 한 교인의 남편이 이혼하게 되었다는 사례부터 짜깁기한 성경 구절로 교육시켜 그 교리에서 빠져나오지 못하는 사람들이 많다는 후기들을 접했다.

　'사이비 종교에 빠진 아내라니….'

　가정도 파탄 내는 무서운 종교에 발 들이고 있는 내가 무척이나 걱정되어 그 사람들을 못 만나게 하고 그 종교에 대해 생각이 빠지지 않게 하려 노력했다. 그리고 나 또한 며칠 안 가 본 교회를 믿진 않았다.

　다만 매일같이 연락 오고 찾아오고 교리 내용을 계속 듣게 하니 나도 모르게 그들이 말하는 성경 이야기는 내가 그동안 보던 성경 속 명확한 답이 있듯이 성경 구절들이 나를 혼란스럽게 했기에 하루는 자기 전 기도했다.

　'그 종교인들이 말하는 사람이 하나님은 맞는 건지 옳은 길로 인도해 주세요.'라고 기도하고 잠이 들었다.

그리고 놀랍게도 기도에 대한 응답을 꿈을 통해 보여 주셨다.

꿈속의 장소는 고등학교 교실이었다. 친구들과 삼삼오오 모여 "OOO 하느님 진짜 있대."라고 말하며 친구들과 OOO 하느님에 대한 신기함을 이야기하던 중 교실이 아닌 다른 장소가 보였고 그곳은 밝고 환한 빛이 있는 높은 산 위였다. 높은 산언덕에 올라가 있는 뭔가 신 같아 보이는 분이 계셨다. 그림이나 영화에서 보던 예수님 복장을 입고 있는 것 같기도 하고 얼굴이 정확히 보이진 않았지만 붉은 천이 어깨에서부터 사선으로 내려오게 두르고 있었다.

그리고 그분이 네가 말하는 OOO 하느님을 알려 주겠다고 하자 나를 땅속 깊은 곳으로 연결된 터널로 미끄럼 타듯 빠지게 했다.

가도 가도 끝이 없을 것 같이 내려가고 또 내려가기를 반복하면서 미끄러져 내려가다가 땅속 깊고 어두운 곳에 도착했다. 동굴 속 같기도 하고 암흑같이 어두운 곳에서 계단을 반 층 정도 더 내려간 곳에 하얀 한복을 입은 키 작은 여자가 서 있었고 들리는 음성이 '네가 말한 이다.'라고 했다.

그 여자와 악수를 하는데 표정이 뭔가 잘못한 걸 들킨 사람 표정인 거 같기도 하고 어두운 표정을 하고 마지못해 하는 악수인 듯 느껴졌다.

그리고 잠에서 깨었다.

뭐지? 산 위 높은 곳 빛이 머무는 곳에 계신 분이 알려 준 내가 궁금해하는 사람의 존재는 땅속 깊고 깊은 곳, 빛이 없는 어두운 곳에 있는 존재라는 것인가…?

기억이 선명하고 기도를 통해 보여 준 꿈속 장면이나 음성이 실제로도 맞아떨어진 적이 많아서 나의 기도에 대한 답변이 되는 듯했다. 내가 믿는 신이 알려 주는 답인 듯했다.

그들이 주장하는 신이 아닌, 그동안 내가 믿어 왔던 빛 속에 계신 하느님께서 꿈을 통해 확답을 주신 듯했다. 그래서 나는 남편의 반대도 있고 뭔가 억지로 짜 맞춘 이론이 있는 종교인 듯하기도 했고 집요하게 파고들듯 내 일상 속에 들어와 있는 그분들과의 연락을 끊고 다시 성당에 가끔 갔다. 그분들이 성경 구절을 짚어 주며 성당은 잘못된 종교라 말해 준 부분이 있어서 그런지 자연스러워 보였던 십자가나 십자가에 매달려 있는 예수님의 조형물이 슬퍼 보이고 성모상도 제대로 보기 어려웠다.

그래봐야 4~5시간 안 되는 성경 공부의 내용이 무섭게 머릿속에 각인이 되었나 보다. 그리고 그 덕분에 나는 더 깊이 있는 성경 공부를 하게 되었고 종교에 대해 더 많은 물음들을 던져 볼 수 있게 되었다. 부분적으로 보여 주었던 성경 구절이 아니라 성경 전체를 보려고 노력했다.

많은 고민과 물음들로 내린 결론은 의외로 간단했다.

사이비 종교의 대부분은 종말론을 들어 인간 모두가 갖고 있는 두려움을 자극한다. 그리고 불안한 심리를 자신들이 만든 종교적 신념과 맞는 성경 구절을 짜 맞추어 이 말씀만이 진실인 듯 확신시킨다. 결국 세상을 넓게 보지 못하게 하고 자신들이 설계해 놓은 가고자 하는 방향으로 가게 만든다.

또한 사이비 종교에 대한 사회의 인식을 그들은 너무 잘 알기에 성경 구절을 들며 누구든 싸워야 한다고 한다.

본인들의 종교가 사이비니 이단이니 말하는 자들과 싸워야 한다고 한다. 성경에도 나와 있다면서 성경 구절도 보여 준다. 가까운 소중한 가족들과도 싸워야 한다고 이야기한다. 성경 그 큰 책에 가장 많이 나온 단어 사랑은 그들이 전도할 때 주변 인맥은 다 잘라 놓아 혼자가 된 신자가 교회의 이름으로 봉사를 하게 하고 선교를 하라고 종용할까?

내가 느끼는 실체는 슬프다. 순수하고 겁이 많은 사람들을 외로이 혼자를 만들어 놓고 자기들 입맛대로 봉사의 이름으로 하늘의 보석을 쌓으라고 전도의 압박이 있는 건 아닌지….

물론 어떤 믿음이든 색안경을 끼고 보고 싶지는 않다. 나와 다른 믿음을 갖고 있다고 잘못됐다, 틀리다고 말하고 싶진 않다. 내가 믿고 있는 종교만이 진실은 아니라고 생각한다. 나라마다 문화가 다르듯 종교 또한 다를 수 있다. 하지만 가족과 떨어지고, 혼자가 되고, 꼭두각시처럼 살고 있는 사람들을 사회가 외면 해선 안 된다고 생각한다. 종교의 자유를 허락하더라도 종교가 어떤 이유로든 인간답게 살 권리를 침해해서는 안 된다고 생각한다.

그것은 범죄 행위이다. 한 인간을 판단력이 없게 세뇌시켜서 자신들의 종교가 답인 듯 만들어 놓고 강압적으로 그들을 조종하는 세력을 사회가 법으로 제지해야 한다. 사회가 관심 갖고 사회적 제도를 만들어 가야 앞으로도 지속적으로 발생할 종교라는 이름으로 행해지는 가혹행위로부터 약자가 된 이들을 보호할 수 있다.

잠깐이지만 경험해 본 나로서는 세 명이 붙어서 자신들의 교리를 다소 힘이 실린 말투로 계속 말해 주며 한 사람을 혼란스럽게 하고 싶다는데도 끈질기게 연락하는 집요함이 힘들었었다. 그 집착에 가까운 연락은 내가 해외에 나가 더 이상 연락이 안 되어서야 끝이 났다.

그리고 결정적으로 그들을 따라갔던 나 자신을 놀라게 만든 건 그들이 하는 기도에서 내가 어릴 때부터 배웠던 예수 그리스도 이름으로 기도하지 않고 처음 듣는 사람의 이름으로 기도하는 소리를 들었다. 이 작은 한국 땅에 하나님이라고 하는 사람들이 왜 이렇게 많은 건지….

그들은 자신들의 종교가 발전하는 것이 기적이라고 말한다. 기존에도 그런 종교들이 역사적으로 많았을 것이다. 거짓된 종교가 얼마나 생존할 것인가? 세상은 복잡한 듯해도 어찌 보면 참 단순하다.

종교가 있든 없든 선한 사람이 악한 사람보다 많지만 악한 사람이 미치는 영향은 물이 오염되면 정화하는 데 필요한 깨끗한 물의 양이 많아야 하듯이 그들이 미치는 영향이 적지 않고 치유시키기에 많은 시간과 노력이 필요해 보인다.

신은 왜 이런 세상을 만드셨을까? 이유가 없는 것이 없듯이 자연의 섭리 또한 이같이 만드신 데는 다 그런 이유가 있는 듯하다.

"깨어 있어라." (마르 13:5-37)

깨어 있을 때 어둠의 유혹도 없습니다. 깨어 있을 때 깨달음도 옵니다.

세상의 악함은 작게든 크게든 양의 탈을 쓰고 한 사람 한 사람 유혹하고 꾀어드는 것 같다. 그들은 인간의 약한 부분을 알고 교묘히 공략하는 듯 보인다.

자신이 믿고 있는 종교를 한 발짝 벗어나서 바라보자 양의 탈을 쓴 늑대가 보이지 않는지…. 그 속에 어떤 개인의 이득을 위해서 선한 사람을 잡고 있지는 않은지…. 당신의 정신을 지배해서 자기 자신을 잃어버리고 있지는 않은지….

깨어 있을 때 사랑하고 사랑받고 행복할 수 있다.

나를 통해 보여 주시려는 것이 있어 나를 혼란에 빠트리셨던 걸까? 성경을 관심 있게 보게 된 계기를 통해 성경도 보고 성당에서 매주 나눠 주는 주보에 나온 글도 눈여겨보게 되었다. 성경 속 가장 많이 강조되는 글은 사랑이다.

세상의 모든 종교를 통틀어 무엇이 맞고 틀리고를 떠나서 우리에게 사랑이라는 단어가 얼마나 중요한가?

내게 일어난 놀라운 일을 정리해서 글을 쓰려니 나는 너무 부족한 게 많아서 몇 권의 책을 읽어 보던 중《예수님과의 하룻밤》게이트 밀러 저자의 책을 읽었다. 하느님의 시점에서 게이트에게 해 주는 이야기를 싣고 있다.

"성경은 규범집이 아니듯이 과학 논문도 아니야 내 백성들이 인격적으로 나를 알아 가고 내 뜻을 깨달으며, 내가 모든 사람들에게 공평하게 제공한 구원과 기쁨의 삶을 풍성하게 누리도록 하는 것."이라는 것처럼 성경에 대해 천국에서 정한 강력한 규칙처럼 사용되어 사람들의 자유를 빼앗고 목회자의 힘으로 교인의 인생에 상당 부분을 구속시키는 것을 하느님도 원하지 않는 것이지 않을까 생각된다.

그 외에 현재 목회자와 교인이 알아야 할 신앙인으로서의 자세가 재미있는 대화 형식으로 쉽게 잘 나타나 있는 책이다.

자신들의 종교를 믿게 하기 위해 천륜도 끊어 버리게 하고 꿈을 펼쳐야 할 어린아이들부터 청년들까지 좁은 집에 가두고 세뇌 교육하는 것은 종교를 넘어서 잔인한 범죄 행위다. 믿는 그들이 종교의 선택을 잘못했다고 그들 탓으로만 생각하고 외면해서는 안 될 일인 듯하다.

2002년쯤 내가 21살 때 학교에 남자 동기 한 명이 갑자기 학교에도 나오지 않고 집에도 가지 않았다. 들리는 얘기로 어떤 종교에 빠져서 그들과 함께 산다고 들었다. 남자 동기들은 갑작스러운 그 친구의 변화에 설득해 보려고 했지만 그 친구가 이렇게 말했다고 한다.

'나는 그곳에서 천사 같은 분들을 만났어. 그곳에서 그들과 함께 지내고 싶어' 그 동기 얘기는 그때 당시에도 충격적이었다. 종교가 누군가의 삶을 송두리째 빼앗아간 느낌이었다.

비싼 등록금을 지불하고 학교를 보냈는데 학교도 집도 가지 않겠다고 등 돌려 버린 자식을 바라보는 부모의 심정은 어땠을까?

자신들이 성경을 해석한 부분을 천국에 갈 수 있는 확답인 것처럼 교인들을 불안하게 하고 교인들의 가정생활과 사회생활을 통제하려 들고 구속하려 한다면 이는 명백한 이단일 것이다.

나의 이웃으로서 그들이 하느님이 아닌 목사에게 구속되어 있는 모습이 마음이 아프다.

나의 자식이 소중한 것처럼 하느님의 자녀인 그들이 자유를 빼앗긴 채 살아가는 모습을 보시는 그분의 마음도 그들의 가족들도 마음에 멍에를 안고 살아갈 것이다.

그들의 삶이 통제된 상황 속에 놓이지 않고 본인들 스스로 생각하고 결정해서 벗어날 수 있길 사회가 관심을 갖고 함께 도와주는 우리가 되기를 희망하고 기도해 본다.

최근에 11살인 아들이 하교하며 투명 플라스틱 컵에 콩 서너 알을 흙과 함께 가져왔다. 관찰력이 있는 아들은 물을 하루에 한 번씩 챙겨주며 그 작은 콩을 키웠다. 그 작은 씨앗에서 콩은 놀라울 정도로 빠른 속도로 자라나 줄기가 위로 뻗고 잎이 무성하게 자라더니 이윽고 작고 예쁜 꽃을 피웠다. 그리고 많은 열매를 맺었다.

햇빛과 물과 공기의 영향도 물론 중요하지만 그 작디작은 씨앗이 가진 힘이 놀랍고 대단해 보였다.

나는 사람 한 사람, 한 사람도 그 씨앗과 비슷하다고 본다. 물을 주고 키우는 정성도 있어야 하지만 그 사람 하나하나가 가지고 있는 신비롭고 대단함 힘이 있다고 본다. 종교는 사람이 잘 살아갈 수 있게 돕고 보호해 주는 것이지 그 씨앗을 피우지도 못하게 가두는 것이 아니라고 본다.

내가 쓰는 이야기는 어떤 한 종교를 가리킨다. 그러나 그것은 어떤 신비한 힘에 의해 그 이야기를 보여 주고 들려줄 뿐 강요하지 않는다.

예지몽 꾸는 세실리아

개개인을 존중해서이다. 살다가 힘들 때 기댈 곳이 필요할 때 혹은 이 세상 믿음으로 풍성하게 살길 원할 때 벅차오르는 감동에 감사를 드리고 싶을 때 찾아가도 좋을 곳, 믿어도 좋은 곳을 알려 주는 정도이다.

어느 종교에 있든 무교이든 당신이 갖고 있는 선한 마음을 지키고 살아가길 바란다.

우리가 사는 이 세상이 결코 보이는 것이 다가 아님을 확실하게 느껴서이다. 세상을 살면서 우리는 대비하는 것을 중요시 생각하게 된다. 그때 그때 적절한 시기에 해야 할 일이 있다. 왜 어릴 때 공부를 하고 여러 가지를 배울까? 지혜롭게 삶을 살아가고 그 안에서 먹고살아 갈 나의 역할을 사회 구성원 안에서 해 나가야 하기 때문일 테고 아이를 낳고 기르며 또 아이가 세상과 잘 어우러져 살아갈 수 있도록 교육한다. 미리 대비하기 위한 가르침이다. 우리가 사는 이 삶도 무엇을 대비하기 위해 몇천 년을 일정한 반복 속에 시대적으로 다르지만 어딘가 비슷한 것 같은 환경 속에서 이 땅에 살아가고 있는 건 아닐지 고민해 본다.

우림 오빠가 죽고 1년에 두어 번씩 꿈속에 나타났었다.

어떤 날은 그가 죽었는지 모르고 있다가 어떤 날 꿈속엔 그가 죽었다는 걸 꿈속에서 기억해 내기도 했다. 그가 죽은 지 3, 4년쯤 되었을 때 꿈에서 한번은 그에게 물었다. 그날 꿈속에선 그가 죽었다는 것을 인지한 채 꿈속에서 만났다.

"오빤 어떻게 내 꿈에 나타나?"

그가 말했다.

"세상의 문이 열릴 때 영혼들이 세상에 왔다가 다시 돌아가."

이미지도 보여 주었다.

건물들이 즐비한 세상에 동그란 영혼들은 안개의 형태 같기도 했다. 동그란 안개 같은 무수히 많은 것들이 세상으로 들어왔다. 형체가 있는 것이 아니니 세상 속에 투영되어 있었다. 마치 안개처럼….

그렇게 영혼들이 세상에 들어왔다.

그리고 다시 가야 할 시간이 되면 하늘도 땅도 아닌 구름 위 정도쯤 되는 중간에 모인다. 하얀 천을 머리끝까지 덮은 죽은 자들이 누워 있는 수많은 침대 같은 것들이 보였다. 그리고 그곳엔 그들이 돌아오는 것을 감시하는 이들이 있었는데 다소 엄격해 보이는 규율이 있어 보였다. "누가 아직 안 돌아왔어?" 감독자의 언성이 높아 있었다.

그렇게 보이고 그 꿈이 끝났다.

그가 성당에서 말하는 연옥에 있다는 걸까? 미사 중 연옥에 있는 영혼들을 위한 기도를 했던 기억이 있었다. 혹시 정말 연옥이란 곳이 존재하는 건가?

우리가 살면서 죄 사함을 받지 못해서 완전한 구원을 받지 못하게 될 수도 있는 걸까?

죽은 후를 위해 우리가 지금 생에 꼭 해야 할 무엇이 있을지도 모른다는 생각을 가끔 하게 된다. 끊임없이 세상은 우리에게 힌트를 주고 있었는지도 모른다.

친구의 아버지가 꿈에 나와 자신이 승미 아버지라며 인사하셨던 꿈도 신기하게도 친구도 그날 그동안 꿈에도 한번 나와 주지 않던 아버지가 꿈에 나오셨다고 했었다.

그날이 세상의 문이 열린 날이었을까? 놀랍게도 승미의 아버지의 선물일지, 나의 기도 또한 필요했을지 내 꿈에 나오셔서 분명하게 자신이 누구인지 밝혔다는 게 너무나도 신기하다.

그것이 오랫동안 승미에게 10년이 넘게 지속되어 오던 임신과 출산의 고민과 고통 속에서 출산의 기쁨을 맞이하는 일로 기쁘게 결과 맺을 수 있는 데 도움이 되었으리라고 본다.

어느 날인가 꿈에선 내가 죽었다. 그래서 생을 마감하기 전 선하게 산 사람은 계단 위로 올라가고 그렇지 못한 삶을 산 사람은 계단 아래로 내려가야 한다고 했다.

같은 날 죽은 배우 유 씨를 닮은 사람이 자신 없는 표정으로 자긴 밑으로 내려가야 할 거라면서 계단을 내려갔고 나는 위로 올라갔는데 문을 들어가기 전 문 옆 벽면에 명단이 붙어 있었다. 그 명단엔 다행히도 내 이름이 있어서 들어갔더니 천국 가는 대기자들로 보이는 이들이 삼삼오오 모여 있었다. 빛이 그 공간에 가득 차 있었고 분위기는 밝고 기쁨에 차 있었으며 그중 한 자리에 앉았는데 어떤 여자가 다가와 말을 했다.

"당신을 위해 한 영혼이 자신을 희생했다는데 정말이에요?"

"저를 위해서요?"

그리고 잠에서 깨었다.

우림 오빠가 먼저 죽고 내가 이 세상에서 어떤 길을 가야 할지 알려주려고 또 다른 세상에서 애쓴 건 아닐까?

아니면, 어릴 적 나를 구해 주신 분을 말하는 걸까?

그냥 살고 있는 내 삶이 부끄럽지 않도록 더 의미 있게 살아야겠다는 생각이 그때 그 일을 떠올리면서 더 분명해진다.

세상을 살면서 사고나 질병을 대비해 우리는 여러 가지 보험을 들고 미리부터 대비하듯이 죽음을 위해 우린 어떤 대비를 해야 하는 걸까?

하느님을 향한 믿음 그게 정답일까?

나에게 계속 꿈과 현실의 삶 속에 답을 주고 있는 듯하다.

혹시 몰라 시작한 믿음이 삶의 깊이를 깊고 풍요롭게 해 주며 마음의 안정을 가져올 거라고 확신한다.

어쩌면 나의 불안과 무언가 채워지지 않았던 삶의 갈증을 찾게 될지도 모른다.

이를테면 세상이 들려주는 수많은 이야기 속 중심을 잡게 해 줄지도 모른다. 내가 결혼할 정혼자를 선택할 때쯤 부익부, 빈익빈이라며 돈을 가진 이와 없는 이의 차이가 심해져 이젠 개천에서 용 나오는 세상은 끝났다고 했었다. 그래서 결혼은 신중해야 한다고 생각했었는데 그때로부터 십여 년이 지난 지금 보니 개천에서 용은 나온다. 어떤 프레임 속에 사람들은 경쟁하게 하고 악에 받쳐 살아가게 하는 이야기들이 많다.

그런 수많은 이야기들에 휩쓸리지 않고 진짜 자신을 위한 내면의 건강함을 위한 방법을 찾아가길 바란다.

화가 자신의 영혼을 어둠에 갇히지 않게 하길 바라서다.

난 불교의 가르침도 좋고 기독교의 열정적인 설교와 기쁨에 찬 찬송가도 좋다. 그중에 지금의 천주교에서 믿음이 더 강해진 건 영혼의 죄를 씻는 세례의 예식이 가져온 놀라운 꿈과 성호경을 그었을 때 영혼을 감싸는 듯한 신비로운 느낌도 있지만 내가 겪었던 다른 종교 시설과 다르게 강요가 적었다. 오롯이 하느님의 뜻에 집중할 수 있게 해 주고 내 스스로가 그 답을 찾을 수 있게 도와주는 듯했다.

마치 자연이 나에게 보여 주는 것처럼 잔잔하고 아름답게 믿음의 바람을 불어 주는 듯했다.

누군가의 평범할 수 있는 도움으로 난 죽음에서 멀어졌고 평범할 수 있는 도움을 주신 분은 크게 다치셨다. 삶은 부모의 희생이든 대지의 자연의 희생이든 한 사람을 키워 내는 데 많은 희생과 비용이 든다. 나와 우리가 사실은 여러 가지의 희생과 수고로 살아가고 있다. 우리가 그저 나만을 위한 삶이나, 재미를 위함이나, 물질적인 풍요만 얻고자 살아가면 안 되는 이유가 곳곳에 존재하는 데도 우리는 그 부분에 무신경하게 살진 않았나 고민해 봐야 할 것 같다.

아무리 돈을 많이 모아도 내일 죽을지도 모르는 세상이다. 서로 사랑하며 살아간다면 더 많이 가지려고 싸우지 않아도 되고 성경에서 말하는 천국의 세상이 더 빨리 오지 않을까?

나는 확신을 가지고 있지만 불안함에 힘들어하는 사람들에게 나의 이야기를 통해 인생의 답을 찾아가길 바란다.

정신적인 복잡함과 마음의 병이 조금씩 치유되는 것을 느끼리라 확신한다. 적어도 선한 마음을 갖고 삶을 살아갈 수 있게 힘이 되어 줄 것이다.

나는 살면서 여러 번 마음의 상처와 혼란을 겪으며 생각이 바뀌어 갔다. 성장을 했다고 볼 수도 있고 나의 삶의 방향을 제시해 준 계기가 되기도 했다.

삶의 어려움은 누구에게나 있다. 그 어려움에서 나의 영혼이 무너지지 않게 지혜로써 잘 잡아 줘야 한다. 수천 년 전의 인간의 삶도 정치적, 경제적, 권력의 압력 속에 놓여 있었다. 여러 가지 복잡한 틀에서 벗어날 수 있는 것은 우리가 사는 이 세상이 전부가 아니라는 죽음 이후의 세상이다.

"죽음 이후의 세상이 있으며 그곳은 우리가 사는 세상에 존재하는 수많은 틀에서 벗어나게 한다."

내가 당한 만큼 복수하지 않아도 죽고 나서의 세상은 현재의 삶을 어떻게 살았느냐에 따라서 이 세상 이후의 영원한 삶이 나누어질 테니….

원래 꿈에서 본 형상은 안개 색이었다. 하얗고 동그란 영혼 수백 개가 세상으로 들어오는 모습이 보였다. 그러나 색으로 표현한 이유는 모든 이가 갖고 있는 자신의 빛을 의미한다.

"세상의 문이 열리면 영혼들이 세상에 들어왔다가 다시 돌아가."

막내아들의 태몽 그리고
구원자 명단

"너는 가서 많은 사람들에게 알려라."

"너는 가서 많은 사람들에게 알려라."

빛으로 가득 찬 공간에서 들린 음성이며 그 음성은 웅장하고 내 마음속 깊은 영혼을 깨우는 울림이 있으며 말의 힘이 있는 음성이었다. 그것은 아마도 신의 음성일 것 같다. 내가 겪은 신비로운 이야기를 글로 쓰게 된 중심이 되는 이유이다.

어떤 이는 말도 안 된다고 할 수 있으나 그날 꿈의 이야기는 전달하고자 하는 신의 메시지가 담겨 있는 구성력 있는 꿈이어서 어떤 것도 빼지 않고 그날의 신비로운 꿈 이야기를 전한다.

첫째와 둘째는 임신 4개월쯤 신기하게도 이게 태몽이구나 싶을 꿈을 꿨었는데 셋째는 조금 늦도록 태몽이 없었다. 그러던 2013년 12월 1일 태몽인 건지 모를 신비로운 꿈을 꿨다.

그날의 꿈속에 나는 여덟 명 정도의 사람들과 모여 있었다. 그중에 한 여자가 그림을 보여 주며 '네가 하느님의 것을 먹고 낳을 것이 있는데 구원의 열쇠다.'라고 말해 주었다.

꿈에서 그저 희한한 말이네라고 생각했다. 뭘 먹으면 인간의 근원적인 욕구 해소로 화장실이나 가겠지 정도로….

그리고 나서의 꿈의 장면은 어떤 외부의 장소에서 좋은 사람들과 4~5명 모여 얘기를 하고 있었다. 그러다 갑자기 나쁜 무리가 나를 헤치려고 쫓아왔다. 함께 있던 분들이 나를 감싸며 도망가다가 어떤 곳에 다다랐고 다급하게 도착한 곳을 올려다보니 그곳은 하얀 빛으로 가득 차 있는 곳으로 웅장하게 큰 돌로 만들어진 거대한 기둥이 있었고

예지몽 꾸는 세실리아

안쪽으로 큰 문이 보였다.

그래서 그 문을 조심스럽게 열고 들어갔다.

그 안에 들어선 순간, 신의 음성이 들렸다.

그 음성은 어떤 사람이 나에게 하는 소리가 아니다. 그 공간의 신성한 울림이 있는 음성이다.

내 영혼의 그 신비로운 음성의 주인이 신=하느님임을 알아듣는 것 같았다.

"물의 성지다."라는 울림이 있는 웅장한 음성이 들렸다.

육중한 문을 열고 들어 가기 전엔 어둠이 있었으나 문을 연 그 안은 환한 빛이 차 있는 듯한 내부였다. 깨어 있을 때처럼 생생한 현실감을 느꼈다. 너무나도 신비로운 광경에 놀란 눈을 하고 주위를 둘러보았다.

그곳은 거대하게 컸고 온통 빛이 나는 것들로 지어진 건물 내부였다.

바닥이 대리석인지 맨들맨들한 재질로 된 듯했다.

티 없이 깨끗했으며 먼지 하나 보이지 않았다.

거대하게 큰 공간에 동그랗게 원형으로 되어 있는 큰 바닥을 둘러 두세 계단이 올라가 있었으며 계단 위에 중앙에 서 있는 나를 기준으로 양쪽 끝에 한 명씩 총 두 명의 남자가 서 있었다.

나는 분명 무서운 존재로부터 도망치다 들어온 곳이었기에 그중에 한 사람에게 다가가 그분의 다리(종아리쯤 되는 부분)를 붙잡고 도와 달라고 간절히 부탁했다.

내가 잡은 사람은 다 벗은 나체의 뒷모습이었는데 하얀 피부에 뭔가 맑고 영롱한 기운의 느낌이 드는 사람의 형상이었으나 신이었을까?

형상은 사람과 비슷하지만 마치 백색증/알비노증이라 부르는 증상의 사람과 흡사해 보이는 맑은 피부에 몸은 묘한 빛이 감싸고 있었다.

도와달라는 말을 하니 분명 다리를 잡고 있던 나의 몸이 던져진 것도 아니고 순식간에 물의 성지라는 건물 안 바닥 중앙에 위치한 큰 원형인 금색으로 된 선 안에 양팔을 대자로 뻗은 자세로 누워 있었다.

팔로 원을 그리며 내가 그동안 배웠던 한국어, 영어, 브라질어, 중국어, 일본어도 아닌 이상한 언어를 내 입으로 주문같이 읊으니 새로운 세계가 보였다. 이건 무슨 말이지? 궁금해하는 생각이 떠오르기 무섭게 나의 생각 속 물음에 대답해 주듯

"히브리어다."

라는 웅장하게 울리는 신의 음성이 들렸다.

그리고 그 히브리어로 된 주문을 읊고 나서 보이는 세상은 놀라웠다. 태어나서 한번도 본 적 없는 세상이었다.

사진이나 그림으로 보는 것이 아니라 실체를 보았다. 이 세상의 언어로 표현할 수 없는 경이롭고 놀라운 광경이 눈앞에 드러났다.

첫 번째 광경은 칠흑같이 어두운 끝없이 드넓은 공간에 나는 서 있었다. 그리고 그곳에서 끝없는 무한한 공간에서 고요하더니 거대한 빛의 공연의 서막이 열리듯 화려하게 수많은 빛들이 춤을 추었다. 형형색색의 살아 움직이는 빛들의 춤은 너무나도 신비롭고 아름다웠다. 그 어떤 예술가의 빛의 공연이나 불꽃 축제로도 볼 수 없었던 광경이었다.

화려한 빛들은 각자 돌기도 하고 위로 올라갔다 내려갔다를 반복하다 모였다가 퍼지기도 했다.

살아 움직이는 빛의 수는 하늘의 별들처럼 무수히 많았으며 살아 있는 빛들이 나에게 한껏 재능을 뽐내는 듯했다.

이 세상에서 볼 수 없는 광경이었기에 무어라 명확히 표현할 수 있는 말을 찾지 못하겠다.

아이가 어릴 적 너무나도 사랑스러운 아이의 모습을 카메라에 담으려고 애썼다. 그러나 그 모습은 눈으로 실제 모습을 보는 것만큼 카메라 앵글 속에서도, 사진 속에서도, 영상으로도 담아낼 수 없다는 걸 알았다.

꿈은 실체라 하기엔 어렵다. 그런 꿈에서 보여 준 엄청난 광경은 말로 담아낼 수도 글로 담아낼 수도 없다.

그러나 내가 보았다 하여 내가 특별한 사람이라고 말할 수 없다.

모두가 그 광경을 볼 수 있기를 희망할 뿐이다.

천상의 빛의 축제를 눈앞에서 보았고 그것은 부끄럽게도 평범한 나만을 위한 축제였다.

그리고 또 다른 세상이 펼쳐졌다. 전혀 다른 장소 속에 나를 데려다 놓았지만 이동하는 시간이 걸리지 않았다는 것이 놀랍다. 꿈의 세상이 어떠하기에 보통의 꿈은 기억조차 나지 않거나 난잡할 정도로 무슨 내용이었는지 기억할 필요가 없는 꿈이 대부분인데 이런 꿈은 그런 꿈에 비하면 명확하고 선명하며 짜인 스토리가 있다. 다음 장소 또한 놀라웠다.

다음 장소로 날아간 것도 아니고, 걸어간 것도 아니며 무엇을 타고 간 것도 아닌데 이전과의 다른 세상이 보였다. 순간 이동이란 게 있다면 이런 것일 듯싶다. 눈앞에 다른 세상이 펼쳐졌다고 표현하는 게 맞는 듯하다.

수많은 산등성이와 웅장하게 높이 치솟은 봉우리들 사이로 뭉게뭉게 새하얀 구름들이 보이고 그보다 더 높은 곳을 나는 두 팔을 벌린 채 평안하게 날고 있었다. '여기가 어디지?'라는 생각이 들었을 뿐인데 내 생각을 읽은 듯 들리는 웅장한 울림이 있는 신의 음성이 "이곳이 천국이다."였다.

'우와~ 여기가 바로 천국이구나.' 감동과 놀라움에 경이로운 광경을 둘러보며 나는 하늘을 날았다.

예전에 비행기를 타고 비행기 속에서 창문을 통해 보는 하늘은 경이롭고 멋있었다. 분명 지상과는 다른 세상이었다. 그러나 꿈에서 무언가 타지 않고 날아다니는 기분은 굉장했다. 평온하게 날며 그 기쁨을 만끽하며 눈앞에 보이는 세상을 둘러봤다.

더 날아다녀도 좋았을 것을 꿈은 또 다른 세상을 보여 주었다.

세 번째 장소에서 나는 누워서 물 위를 둥둥 떠다니고 있었다. 둥둥 떠다니며 주위를 둘러보니 물가 옆으로 풀이 보이고 그 너머엔 천상의 음식일까? 잘 갖춘 요리사 복장을 한 사람들이 멋지게 특별한 음식을 요리하고 있는 듯 보였다.

물 위를 누워서 둥둥 떠다니는 기분은 마치 태아가 엄마의 양수 속에 있는 느낌이 이럴까? 마음까지 평안해졌다.

그렇게 유유히 물길을 따라 다시 물의 성지라는 곳으로 돌아왔다.

빛나는 거대한 건축물 내부인 공간에서 크고 웅장한 그곳을 장악할 울림이 있는 신의 목소리가 들렸다.

"구원자 명단이다."

그 말소리가 끝나자마자 눈앞에 커다란 말려 있는 종이 같은 것이 천장에 떠 있었고 사람 키보다 몇 배는 더 큰 돌돌 말린 종이인지 깨끗한 천 같은 것이 펼쳐졌다.

순서는 정확하게 기억이 안 나지만 대략 이러했다.

천주교

힌두교

불교

정교회

기독교

.

.

.

(그밖에 모든 종교)

춤을 추는 무희(흰옷을 입고 춤을 추며 하늘에 제사를 드리는 사람인 듯한 모습이 보였다.)

적혀 있었으며

"모두가 하느님이 낳았느뇨, 하느님을 믿으면 구원받을 수 있다. 너는 가서 많은 사람들에게 알려라."

라고 웅장한 울림이 나는 신의 음성이 들렸다. 엄청난 것을 보여 주고 또 자비로 가득 찬 보편적인 하느님의 사랑에 감명받았다. 그리고 나에게 내린 이 빛나는 숙제가 특명을 받은 것처럼 놀라웠다.

나는 무릎을 꿇고 "아무것도 아닌 저에게 영광 보이셔서 감사합니다." 말씀드리고 꼭 알리겠다고 했다.

그리고 꿈에서 깨는데 꼭 누군가 "후~" 하고 입으로 바람을 불어 깨우듯이 깨었는데 깰 때 어떤 가녀린 여자 음성으로 '세상이 끝나고 난 뒤에는~'이라는 노랫소리가 들렸다.

꿈이 너무 짜임새 있었고 말로 표현할 수 없을 듯한 엄청난 감동이 밀려오는 기분이었다.

하느님을 만나고 온 듯한 벅차오르는 기쁨과 경이로운 신비가 있어 아침 6시 반쯤이었지만 혼자 벌떡 일어나 무릎 꿇고 기도하며 눈에서 저 심장 어딘가에서부터 밀려오는 엄청난 감동에 벅차오르는 눈물이 흘렀다.

그동안 이상한 꿈을 자주 꾸긴 했지만 이번 꿈은 태어나서 처음 겪어 본 경이로운 신비가 있는 꿈임을 확신했다. 꿈이라고 하기엔 현실의 경험처럼 선명했고 신비로운 꿈이었으며 천국의 모습은 하늘 위에서나 물 위에서나 모든 광경이 웅장하고 아름다우며 뭔가 이 세상 맑음이 아닌 다른 세상의 영롱하게 빛나는 맑은 세상이었다. 무어라 표

　　　　　　　　　　　예지몽 꾸는 세실리아

현해야 적절할지 모르겠지만 전체적으로 어떤 빛 속에 있는 듯 신비로운 곳이었다.

난 겁도 많고 약한 사람인데 꿈을 통해 보여 주시는 영광스러움에 감사하며 내가 하느님의 사랑을 알릴 수 있는 힘을 달라고 기도했다.

종교적으로 편가르기와 종교로 인한 갈등과 전쟁이 끊임없이 일어나고 있다. 사실 다른 나라에서 살아봐도 생김새와 언어만 다르지 살아가는 건 크게 다를 바 없었다. 세계 곳곳에 나타나셨지만 언어가 달랐기에 어디서는 다른 신이라 불리신 걸까? 싶은 생각이 들었다.

모두가 하느님의 자녀라는 건 한 마디로 모두가 같은 하느님의 자녀이니 사랑하며 살라는 그분의 뜻인 듯 들렸다. 꿈에서 깨어 벅차오르는 감동에 눈물이 흘렀다. 꿈에서 깨어 꿈을 되새기며 내가 기억해야 할 것이 무엇인가 생각해 보며 첫 번째로 히브리어가 뭔지 인터넷으로 검색해 봤다.

히브리어가 있는지는 알았지만 어떤 언어인지도 모르고 들어 본 적이 없는 언어여서.

그런데 신기하게도 초대의 성경이 히브리어로 쓰였으며 신들의 언어라고 불렸다고 한다.

두 손이 놀라움에 입을 막게 했고 손이 떨려왔다. 그냥 대수롭지 않은 그런 꿈이 아닌 듯했다.

'뭐지?' 그저 한낱 평범한 꿈에 불가하다고 지나쳐 버릴 수 없었다. 시간이 지나면 꿈 내용이 기억 안 나는 부분이 있으니 노트에 꿈의 내용을 기록했다. 부지런한 성향이 아니어서 이불 속에서 더 잠을 청했을 나였지만 이 꿈은 다시 평범한 일상처럼 잠들 수 없는 기적과 같은 체험을 겪은 것이라고 판단되었다. 신비로운 메시지를 전달받았다는 충만함을 안겨 주었다. 나를 통해 이루고자 하시는 것이 있을 수도 있다는 생각이 들었다. 막내아들의 태몽인데 신부님이 되려나 싶기도 했다. 성당에선 아들을 셋 낳으면 한 명은 신부 시켜야 한다는 말이 있다더니 그래서 나는 아들만 낳은 걸까?

놀랍게도 막내아들 임신 중에 나는 첫 영성체를 받았었다.

그동안 먹어 본 적 없는 그리스도의 성체라고 불리는 밀떡을 먹게 되었다. 그리스도와 한 몸이 되는 은총을 받았다.

영적인 꿈의 처음 시작에 한 여자가 나에게 그림을 보여 주었고 그 그림을 보며 설명해 주길 네가 하느님의 것을 먹고 낳을 것이 있는데 구원의 열쇠다….

그림까지 보여 주며 해 준 말이다. 꿈의 초입과 마지막까지 어느 것 하나 신기하지 않을 수 없는 광경이고 메시지가 있었다.

신부님이 되는 것은 엄마 가슴에 칼을 꽂는 것과 같은 힘듦이 있다고 말해 준 신부님의 표현은 브라질 성당에 성모상 가슴에 꽂힌 칼이 미사를 드릴 때마다 눈에 들어왔다. 운명이라면 피할 수 없겠지만 아들이 컸을 때엔 아들의 의견도 존중해 주고 싶다. 엄마로서는 끼 많고 귀여운 막내아들이 원하는 삶을 살아가길 바란다. 또한 꿈속에서 나쁜 무리들을 피해 성전 같은 곳에 들어갔고 빛이 감도는 순백의 깨끗한 그곳은 물의 성지라고 했다.

물의 성지….

물은 우리가 부모 배 속에 태아로 있을 때부터 중요하다. 외부의 충격으로부터 작은 생명을 보호하며 세균으로부터도 안전하게 지켜 주고 분만할 땐 태아가 잘 나올 수 있게 한다. 우리 몸의 70%를 차지하는 가장 중요한 물질이 물이다.

또한 지구의 71%가 물로 덮여 있다.

가톨릭에서는 물을 축복하여 거룩한 표시로 사용한다. 하느님의 자녀로 새로 태어나는 세례도 물로 씻는다. 정화의 의미가 있으며 새 생명으로 탄생하는 의미를 갖는다. 또한 성수는 축복한 물로 성호를 긋고 기도할 때, 축성을 드릴 때 등 사용된다.

옛적부터 교회는 신자들을 축복하는 표시로써 자주 물을 사용하였다. 성수는 신자들에게 그리스도를 상기시켜 주고 있으니, 천상 축복의 원천으로 우리에게 오시어 당신을 샘솟는 물이라고 말씀하시고 물의 성사인 성세를 우리 구원의 표시로 마련해 주신 그리스도를 상기시켜 준다고 한다.

꿈에서 가게 된 물의 성지가 천국의 중심일까? 물로 연결된 듯 천국을 보여 주고 물 위에 누워 물이 흘러가는 방향으로 물의 성지로 되돌아갔었다. 그리고 꿈에서 천국의 모습을 보여 주고 다시 물의 성지라는 곳에 돌아올 때 흐릿한 음성이 들렸다.

"여기까지 보여 주면 되겠지?"

나에게 하는 소리는 아닌 듯했고 나 아닌 내 뒤에 나를 줄곧 안내해 준 듯한 다른 누군가에게 하는 소릴 들어 버린 듯했다.

거대한 꿈…. 완벽한 듯한 스토리를 가진 꿈속에 그 목소리는 지쳐 있었다. 그 부분에 대해 이런저런 생각을 하다 나 또한 하느님의 일꾼이고 하느님을 돕는 천사들도 바쁘게 일을 하고 있는 건 아닐까 하는 생각이 들었고 그 뒤 어딘가에서 고생할지 모를 천사들을 위한 기도도 가끔이지만 드리게 되었다. 나에게 보여 주어야 할 세상이어서 어렵게 보여 줬을 수도 있겠구나…. 생각되었다.

이 이야기를 사람들에게 알리라고 했는데 성격이 내성적이며 말이 많지도 않은 데다가 아이들 셋 돌보는 일에 바빴다.

누군가에겐 그냥 대수롭지 않은 꿈 얘기일 뿐일 수 있는 데다가 가까운 지인에게 말해 보았지만 동요되거나 특별한 믿음이 생겨나는 듯 보이지 않았다. 그래서 그저 메신저를 통한 소소한 알림이 전부였다. 더 이상 숙제를 미룰 수 없다고 생각되어 글을 통해 알려야겠다는 생각이 들었고 나에게 신비한 예지몽이 여러 가지 있어 글로 전하게 되었다.

꿈에 그동안 들어 보지 못하고 말해 본 적 없던 히브리어로 된 주문 같은 것을 입으로 읊었고 천국을 보았다. 그리고 꼭 선택받은 자만이 하느님 나라에 갈 수 있다고 불안함을 조장하고 평안해야 할 죽음조차 치열한 경쟁을 해야 하는 것처럼 말하는 이들도 있지만 꿈에서 말하는 구원자의 명단은 하느님께서 세상을 향해 알려 주시는 자비와 사랑처럼 하느님을 믿는 믿음이 우리를 세상에서 오는 끊임없는 불안감으로부터 벗어나게 하고 평안하고 신비로운 천국으로 인도할 것 같은 사랑의 메시지 같았다.

구원자의 명단이 가리키는 이, 신의 음성이 들려주는

　　　　　　　　　　　　　예지몽 꾸는 세실리아

"모두가 하느님이 낳았느뇨, 하느님을 믿으면 구원받을 수 있다."

구원의 기쁨은 온 세상 모든 이들에게 열려 있는 하느님의 나라 천국인 것이다.

'구원의 보편성'을 들려주시는 듯하다.

해외에 8년 동안 살아 보니 여러 가지 생각들이 정리되는 듯했다. 언어는 다르지만 그 뜻은 같거나 비슷하다. 생김새나 피부색은 다르지만 우리는 모두가 비슷한 인간이다. 이처럼 하느님께서 세계 각국에 메시지를 전달하려고 나타나셨지만 다르게 해석된 건 아닐까? 생각되었다. 결국 한 분이신 하느님께서 숨을 불어 넣어 주었으니 믿고 서로 사랑하며 살아가길 바라는 신의 메시지 같았다. 각 나라마다 문화와 종교 정치사상은 다르다. 방법만 다를 뿐 지구에서 살아가고 있다. 서로를 존중해야 하며 모두가 인간이며 모두는 죽는다. 많은 재산이 있다 한들 영혼은 사후세계에 재산을 가져갈 수 없다. 그런 세상을 만든 신은 세상의 물질적인 돈을 어려운 사람들과 나누며 서로 돕고 살아가길 바라서가 아닐까? 모두가 비슷한 인간이지만 저마다 잘하는 건 다르다. 절대 혼자 잘 살 수 없는 세상이다. 권력이 있다 한들 따르는 이가 없다면 권력도 소용없다. 그러니 그 권력은 자신이 쥐고 있는 게 아니라 믿고 따르는 이가 만들어 주는 것이니 감사해야 한다. 서로 존중해 주며 자신을 믿고 따를 수 있게 모범을 보여야 한다. 또한 아무리 돈이 많든 권력을 쥐고 있다 한들 자연재해나 질병이나 사고로 명을 달리할 수도 있다. 돈이든 명예든 권력이든 어떤 개인이 자신이 가진 힘을 함부로 사용하지 말아야 한다.

늘 빛이 있는 곳을 보여 주었던 높은 곳에 계셨던 그분은 빛조차 들지 않는 땅속 깊은 곳을 보여 준 적이 있었다. 그곳은 빛이 없어 색이 없었다. 어떤 곳인지 모르나 영원히 살아갈 곳이 살아생전에 선한 마음을 지키며 살아간다면 영원한 삶은 어둠 속이 아니라 빛 속이 아닐까?

빛이 흐르고 색이 빛나는 곳, 많은 이들이 이 세상 끝에 마침내 가게 될 곳이길 기도해 본다.

믿음이 있고 나면 알아야 할 것들이 더 생기고 사랑을 실천하는 삶을 살아가는 행복을 알게 되겠지만.

믿음이, 첫 번째 시작이 맞는 듯하다.

히브리어는 고대 이스라엘 언어이다. 신들의 언어라고 불리며 성경이 히브리어로 쓰여졌다고 한다. 중세에도 신성한 언어로 불리었다.

"고생하며 무거운 짐을 진 너희는 모두 나에게 오너라. 내가 너희에게
안식을 주겠다." (마태 10:28)

쳇바퀴 도는 듯한 인생 속 돈이 많아도 건강한 육신이 있어도 안정이 없는 사람들이 많다. 가진 것이 많다고 행복한 게 아니다. 왜일까? 왜 세상은 개개인의 일생도 세상 돌아가는 사건들도 일정한 규칙이 있는 것처럼 돌아가는 것 같을까? 혼란과 불안 속에서 나의 마음의 뿌리를 내릴 수 있는 해답이 하느님의 사랑과 치유를 발견하는 것이다. 자신의 모든 죄와 근심, 두려움을, 세상을 만드신 분에 대한 믿음으로 내

예지몽 꾸는 세실리아

가 가는 길이 옳은 길로 가게 되길 기도하면 얻게 되는 평화가 있다. 우리가 몹시도 원하는 치유와 자유를 얻게 될지도 모른다.

내 이야기가 정답이 아닐 수도 있다. 내가 하는 이야기는 내가 겪고 다른 세계에서 전해 오는 울림이 있는 파장의 힘을 느껴서 그동안의 일을 정리하고 세상 속 이야기들을 찾아보고 내린 결론이다.

나의 주장을 누군가에게 강요하고 싶어서도 아니다.

나는 그저 자연이 보여 주는 것처럼 동·식물이 살아가는 여러 삶의 이야기를 보여 주고 들려주듯 나의 이야기를 들려줄 뿐이다.

결국, '모든 이야기 속 당신의 선한 이야기가 빛나길' 나는 응원한다.

스스로 자신의 껍질을 깨고 나올 때 그 씨앗이 틔운 싹이 맺는 열매가 강하고 귀하다는 걸 신은 알고 그렇게 만드신 듯하다.

"당신의 귀한 씨앗이 그 껍질을 잘 깨고 나오길 기도합니다."

악한 무리들을 피해 도망치다가 어떤 곳에 다다랐다.

자세히 보니 돌로 만들어진 큰 문이 보였다. 커다란 문은 신기하게도 살짝 손을 갖다 대었을 뿐인데 스르륵하고 열렸다.

열린 문으로 들어가 보니 그곳은 온통 빛으로 가득 찬 환한 곳이었다. 내가 들어온 것을 그곳의 주인이 안 것일까?

울림이 있는 신의 음성이 들렸다.

"물의 성지다."

빛으로 가득 찬 공간엔 양옆으로 한 명씩 서 있는 둘이 보였다. 둘은 뒷모습을 보이고 있었으며 실오라기 하나 걸치지 않은 남자였다. 왜 그랬는지 모르지만 신을 만난 듯 전혀 부끄러움이 없었다. 사람 피부

예지몽 꾸는 세실리아

색이라기보다 빛이 흐르고 있는 듯한 맑은 피부였다. 다급했던 나는 그중 한 분에게 다가가 그분의 다리를 잡고 애원했다.

"도와주세요."

히브리어라는 처음 들어 보는 언어를 마치 다른 세계로 들어가는 주문처럼 읊고 나니 다른 세상이 펼쳐졌다. 형형색색으로 빛나는 무언가가 마치 춤을 추는 것 같기도 하고 각자의 재능을 뽐내는 것 같기도 했다.

천국의 빛의 축제일까?

내가 봐 왔던 불꽃 축제와는 달랐다. 묘한 신비로움이 있는 각자의 생명력을 지닌 빛들의 축제였다.

　나는 높은 곳을 날고 있었다. 아래로는 산등성이들이 보이고 그 높이를 짐작할 수도 없게 구름이 깔려 있었다. 그리고 또 울림이 있는 신의 음성이 들렸다.

　"이곳이 천국이다."

　끝없이 펼쳐진 산등성이들과 구름 위를 날고 있는 경이로움! 이곳이 천국이라니…. 황홀함에 눈앞에 펼쳐진 광경을 마음에 담았다.

아주 고요하고 그리고 잔잔한 물 위에 나는 누워 있었다.

유유히 물결은 나를 흘러가게 했다. 물가엔 실력 있는 요리사들 그러니까 천국의 요리사들이 음식을 만들고 있었다.

물결이 데려다준 곳은 처음에 도착한 물의 성지로 되돌아왔다.

물의 성지에 도착한 내게 무언가 보여 주었다.

사람보다 더 큰 종이는 둘둘 말려 있던 것이 천상에서부터 내려오며 풀어져 종이가 펼쳐졌다.

그리고 또 울림이 있는 신의 목소리가 들렸다.

"구원자 명단이다."

천주교, 기독교, 힌두교, 불교, 정교회… 무회(사람보다 큰 커다란 종이에 쓰인 글자).

무회는 한 장면을 같이 보여 주었다. 높은 산 위 정상에서 네다섯 명 정도 되는 여자분들이 새하얀 옷을 입고 춤을 추고 있었다. 그 춤은 하늘 신에 대한 감사와 사랑의 표현처럼 지극히 신성한 춤 사위였다. 춤의 대열은 원을 이루고 있었다.

Story 9

나의 꽃

"그림 그릴 때 제일 먼저 무엇을 하니?"
"구상을 하지 머릿속에서 구상을 먼저 하고 그다음엔
밑그림을 그리지."
"건축의 도면과도 같지, 그리고 그림을 완성해 나가지."
"인생도 그래, 아무 생각 없이 살면 재미가 없어."

나의 아버지는 7살 때 할아버지께서 지병으로 돌아가셔서 할머니와 사셨다. 어려운 형편 속 어린 아들을 키우시는 할머니는 아버지를 강하게 키우셨던 듯하다. 그래서인지 아버지는 참 강한 분이셨다. 군 입대 날 아무도 나오지 못하게 할머니에게도 날짜를 알려 주지 않은 채 입대했으며 자신이 돈이 없으니 베트남 파병을 자원해 전쟁에 참전하셨다.

 할아버지의 부재 속에 자란 아버지는 자식 넷을 낳아 키우면서 자식들에게 자신이 받지 못한 사랑을 주기 위해 노력하셨던 듯하다. 1980년대임에도 아버지는 《유태인은 자식에게 물고기 잡는 법을 가르친다》는 책을 읽으시며 자녀교육 지침서로 삼으셨으며 탈무드를 구입해 지혜롭게 살라고 읽게 하셨다.

 가족이 둘러앉아 밥을 먹는 시간이 중요하다며 저녁은 꼭 가족과 함께 하려 하셨고 정기적으로 가족회의도 진행하셨다. 매일 밤 다음 날 할 일을 미리 계획 세우시고 규칙적으로 새벽 6시에 일어나셨으며 늘 직업은 3개를 유지하려고 하셨다. 그런 아빠의 부지런함은 비가 오면 비가 새서 집 안에 양동이니 큰 대야로 빗물을 받아 내야 했던 비 새는 집에서 신혼살림을 시작하여 지금은 몇 채의 건물과 땅을 소유한 자수성가형 성공인이 되셨다.

 그런 길을 걸어오신 게 얼마나 힘드셨을까?

 내가 사회생활을 하고 나서야 아빠의 노고가 현실적으로 다가왔다. 가축도 키워 보시고 농사도 해 보시고 트럭 운전, 버스 운전, 건설 노동, 이삿짐꾼, 새벽이면 거리의 쓰레기를 치우는 청소부, 택시 운전에 건축일까지 안 해 본 일이 없을 정도로 시행착오도 많았고 고생도 많으셨다.

그럼에도 불구하고 아빠는 늘 겸손해야 한다고 말씀하셨다. 감사하는 마음으로 살아가야지 자만하면 안 된다고 일러 주셨다.

학창 시절엔 경험이 중요하니 아빠가 하는 일을 어린 자녀를 데리고 다니면서 보여 주고 알려 주셨었다. 경험이 글로 배우는 공부보다 더 많은 것들을 보고 배울 수 있다고 판단하셨던 듯하다.

세입자가 집을 비우고 나면 청소며 보수작업이며 모두 자기 손으로 하신 아버지의 모습을 볼 수 있었다.

종합부동산 세금신고도 해 보라고 세무서에 무작정 보내셨고, 월세 관리하는 노트를 주시며 아빠는 눈이 안 보이니 계산해 보라고 하셨다. 나중에서야 그냥 시키면 안 하니 눈이 침침해서 안 보인다고 거짓말을 해서라도 해 보게끔 경험하게 하신 듯하다. 하루는 건물을 지으시며 일하시는 분들 돈을 지급하는 장부를 작성하라고 시키셔서 작성을 해 보니 매일 나가는 현금의 액수가 어마어마했다.

미장 300,000

콘크리트 3,000,000

인부 100,000

인부 100,000

인부 100,000

…

정확한 액수는 기억이 안 나지만 하루에 나가는 현금만 해도 상당했다.

"아빠 이걸 매일 지급해야 해? 한 달에 몰아서 주면 안 돼?"

"그분들은 하루 벌어서 하루 먹고 사시는 분들이 많단다. 그래서 매일매일 지급해 드려야 맞아."

"일을 시켰으면 돈을 주는 건 당연한 거야."

라고 일러 주었다. 그때 내 나이가 14살 정도였지만 모르던 사실을 알게 된 듯 그 말이 오랫동안 기억에 남았다.

시장 상인의 물건값도 깎는 일이 없으셨다. 열심히 살아가는 사람들의 수고를 아서서인 듯했다. 그렇게 건물 5채 정도 짓던 아빠는 갑자기 건설일을 멈추셨다.

사람은 겸손해야 하며 욕심이 지나치면 독이 될 수 있다며 건설일을 접으시고는 다시 본업으로 돌아가셨다. 그리고 불과 몇 개월 뒤 IMF 외환위기가 한국을 덮치며 많은 건설업자들이 어음을 해결하지 못하고 자금 문제가 곳곳에서 터지며 여기저기 망했다는 이야기가 들려왔다. 아빠의 결단력이 놀라웠다. 분명 큰돈이 오고 가며 더 욕심냈을 수도 있는데 바로 정리하셨다는 게 신기했고 터져 버린 나라의 위기 속에 우리 집은 여유로웠다.

한번은 아버지가 유명한 점집에 호기심에 들어가 봤었다고 하셨다. 유명한 점집이어서 대기가 많아 거실에 앉아 기다리시는데 점을 보는 무당이 나와 아빠에게 다가와서 "자네는 볼 것도 없으니 그냥 가시게~" "지혜가 있는 사람이라 어려울 것 없는 인생이니 더는 여기서 기다릴 필요도 없네." 점을 보지도 못하고 나왔다고 했다.

"술, 도박은 해 봐야 좋을 것 하나 없다."

"친구 너무 좋아해야 득 될 것도 없다."

"너 미대 나왔으니 그림 그리는 거 좋아하지."

"그림 그릴 때 제일 먼저 무엇을 하니?"

"구상을 하지 머릿속에서 구상을 먼저 하고 그다음엔 밑그림을 그리지."

"건축의 도면과도 같지, 그리고 그림을 완성해 나가지."

"인생도 그래, 아무 생각 없이 살면 재미가 없어."

"술은 조금만 마셔야 하고 잠깐 즐기는 일은 잠깐 즐겁고 말지, 너의 인생의 계획을 세우고 살아야 해. 그렇게 살다 보면 완성해 나가는 즐거움과 성과에 대한 뿌듯함이 있을 거야."

"아빠는 이제 교회에 나가지 않지만 성경은 지혜서처럼 읽어 보면 좋은 글들이 많단다. 읽어 보면 살아가는 데 도움이 될 거다…."

잔소리도 참 많으셨지만 살아 보니 그 잔소리를 해 주는 사람은 아빠, 엄마 말고는 거의 없다. 진짜 나를 위한 이야기를 들려주는 사람은 예전엔 학교 선생님이나 회사에서 종종 좋은 얘기를 해 주시는 분이 간혹 있었지만

"요즘엔 꼰대다."

"라떼는 말이야."

"너나 잘해."

"오지랖이야."라는 말로 들으려고 하지도 훈계하지도 않는다.

기분 나빠하거나….

그건 나도 마찬가지긴 하다.

그런데 들을 땐 반감이 들기도 귀찮기도 했지만 살면서 그런 말들이 곱씹히며 나의 행동을 조심스럽게 한다.

나에게 엄마는 꽃 같은 분이시다. 남자 형제가 다섯이나 되는 집에서 엄마 혼자 여자였다. 그래서 엄마는 애교 없는 미인이다. 하얀 꽃잎같이 피부가 희고 곱다. 그런 엄마는 스물한 살에 시집와서 딸 셋에 아들 하나를 낳아 키우시며 고생을 많이 하셨다. 가족이란 울타리를 지켜 주셔서 감사하고 각자 나름의 노력을 하며 살아오신 것에 배울 점이 있다.

19살 때까진 그래도 부모의 보호 속에 비닐하우스 속에 자라는 식물들처럼 자랐지만 성인이 되고 겪는 현실은 모든 걸 나 스스로 해결해야 하는 부딪히고 상처받고 치유하기에 연속인 삶이었다. 살면서 겪는 고통 속에 때로는 혼자인 것 같았고 때로는 다들 잘 살아가는 세상 속에 나만 복도, 운도 없이 고통 속에 살아가는 듯하기도 했다. 바람에 내 영혼도 날아가 버릴 듯하게 힘든 일들을 겪고 좌절의 늪에 빠졌을 때 하나씩 하나씩 지나간 일들을 다시 생각했다 지웠다를 반복했다. 그렇게 반복하다 보면 슬픔과 외로움, 고통 안에서도 가장 좋은 방법을 찾아내곤 했다. 아무도 없고 나 혼자만 덩그러니 세상을 살아가는 것 같을 때 기도는 나에게 큰 힘을 주었다. 기도 후 내가 다시 세상을 살며 미소 지을 수 있을 아주 작은 희망의 불씨를 던져 주는 듯했다.

그 불씨는 내 마음속에 따뜻해질 듯하다가 이내 다시 차가워졌다를 반복하다 다시 미소를 지을 수 있게 마음을 데워준 건 내가 아닌 내 주위 사람들의 인생을 머릿속에서 차근차근 살펴보았다. 생각해 보니 다른 이의 인생도 나와 별반 다르지 않았다. 슬픔의 종류가 다를 뿐….누구에게나 동일하게 슬픔과 고통이 삶 속에 주어진 듯했다. 결코 나에게만 지어지는 삶의 무게가 아니며 모두가 저마다의 삶의 무게를 견뎌 내고 있었다. 나의 삶 속 힘듦의 무게로 나는 겸손해지는 방법을 알았다. 왜 나에게 이런 일이 일어난 것이 아니라 하느님께서 사랑하시기에 나의 교만을 누르시고 참된 사랑을 알게 했다. 고통과 슬픔 속에서 나를 위해 진정성 있는 사랑으로 대하는 이들의 눈물과 사랑을 보았고 살면서 미처 보이지 않았던 가족의 사랑이 보이기 시작했다. 늘 내 옆에 있었지만 즐거움만 좇는 망상이 정말 소중한 것을 보이지 않게 가렸었고 자꾸만 교만해지는 내가 있을 뿐이었다.

　모든 걸 잃었을 때 다시 소중한 것 하나씩, 하나씩 피어나기 시작했고 나는 일어서는 방법을 알게 되고 내 인생의 방향을 정할 수 있게 되었다.

　그리고 내 인생에 사랑은 생기 있는 빛이 났다.

　한번 확인하고 나니 굳이 보지 않아도 사랑은 빛이 났다.

　누군가를 비난하거나 원망 안 해 본 것은 아니다. 그러나 누군가를 원망할 때마다 마음속과 머릿속에 가해지는 고통이 다시 나를 지나간 어둠 속에 가두는 듯한 기분이 들었다. 성경에 나와 있는 예수님께서 살아 계실 때 가르쳐 주신 기도에 이런 내용이 있다.

"저희에게 잘못한 이를 저희가 용서하오니 저희의 죄를 용서하시고…."

원망이 가져오는 과거의 아픔, 그 아픔과 화가 또다시 나를 고통 속에 데려다준다.

그러나 기도처럼 용서가 가져오는 안정이 내가 미처 알지 못했던 나의 죄까지 사라지게 만드는 것 같았다.

"저희를 유혹에 빠지지 않게 하시고 악에서 구하소서."

또다시 그러한 고통이 오지 않게 보호해 주실 것 같은 그 기도 문구가 좋았다. 그리고 십자가에 못 박혀 돌아가신 예수님의 조각상은 하느님의 아들로 세상에 오셨지만 그는 십자가를 짊어지고 비난 속에 자신의 길을 걸으셨다.

누구든 자기 십자가를 지고 걸어가는 삶을 사는 듯하다. 각자의 삶에 짊어지는 십자가의 의미를 생각해 보자 피하지 말고 바라보자.

어릴 적부터 겁이 많던 나는 기도도 참 많이 해 왔다.

'공부하지 않고도 시험 백 점 맞게 해 주세요.'라는 기도 말고는 많은 기도가 신기할 정도로 정확하게 이루어졌다. 기도 내용에 구체적으로 맞게 그것도 빛의 속도로 이루어지듯이 일주일 안에 이루어지는 일이 많았다. 그런 나에게 사이비 종교인이 다가왔을 때 정작 그들은 성경 말씀을 짜깁기해서든 아니든 그 종교에 대해 너무도 잘 알고 있었지만 나는 내가 믿는 종교에 대한 무지함이 부끄러웠다. 그렇게 많은 바람을 기도로 부탁해 놓고 정작 나는 하느님에 대해 너무 모르고 있었던

예지몽 꾸는 세실리아

건 아닌지 죄송한 마음이 들었다.

해외에서 생활할 때 한인 성당을 알고도 다니지 않다가 아이가 다치고 꿈속에 나타난 신부님이 "하느님은 자비로운 분이시지만 두려워해야 한다."라는 음성을 듣고 나서 그동안의 생활과 다른 신앙생활을 하게 되었다. 그렇게 매주 성당에 나가니 매년 반복되는 말씀이지만 매주 나의 영혼이 깨끗해지고 있음을 느꼈다.

세상에서 겪게 되는 이기주의에 물들 때쯤 주에 한 번씩 성당에 나가서 듣는 미사 중 성경 말씀은 마음을 깨끗하게 했다.

가톨릭이나 불교나 다른 종교들이나 상관없이 신께서 세상을 만드셨을 때 바라는 방향이 있었을 것이다.

'조화롭게 사는 것.'

'어떠한 개인도 완벽할 수 없으며 어떠한 나라도 완벽할 수 없다.'

'어떠한 종교도 완벽하지 않다.'

'과학이 고속 성장한다 한들 자연적인 것을 제외하고 살아갈 수 없다.'

그러니 모두 각기 특성을 가지고 있으나 그 이면에 부족한 점 또한 모든 것은 갖고 있으므로 모두는 조화를 이루며 함께 사랑을 주고받으며 살아가야 하게 되어 있다.

인간이 살아가며 훼손된 자연이 회복될 수 있게 지켜야 하며, 모두는 겸손하게 소외된 이들을 돕고 서로 사랑하며 살아야 한다.

하느님께서 베푸셨을 은혜에 감사하며 세상을 떠난 이들을 위한 기도를 드린다.

내가 받은 신비한 꿈과 하느님의 음성에 대한 나의 결론은 첫째는 하느님의 존재를 믿는 것이고 둘째는 물로써 받는 세례의 중요성이다. 셋째는 기도로써 연결되는 하느님과 대화이다.

　우리가 눈에 보이지 않는 작은 생명의 씨앗일 때도 양수 속 물 속이었듯이 물로써 자신의 영혼을 씻는 세례는 삶에 있어서 죽기 전에 행해야 할 중요한 의식인 듯하다. 죽고 나서 사후 세계가 있으며 우리가 바르게 살아가야 함을 알아야 한다. 자신이 행하는 좋은 기운이 세상의 돌고 도는 순환에 의해 다시 자신에게 복이 되어 돌아오는 반면 악행 또한 현생에서든 사후이든 반드시 돌아올 것이다. 또한, 각박한 세상에 나의 내면을 돌아보는 것은 매우 중요하나 그것이 요즘 말하는 플렉스나 소확행이라는 용어로 자본주의적 색깔이 강하게 드러나는 소비촉진을 위한 마케팅이라는 것을 유념하고 자연을 바라보며 내 마음의 안정을 찾고 자기 자신의 내면의 건강한 이끌림에 집중해 보길 바란다.

　나의 살아가는 삶의 길에 하느님의 사랑이 함께 하길 기도하며 바른 길로 인도해 주시길 기도해 보자.

　인간의 편함을 위해 너무 많은 것들이 소비되고 버려지는 게 많다. 우리는 자연으로 치유되는 부분이 많은데 자연을 보기 힘들어질 수 있다는 게 우려스럽다.

　그래서 나는 지금의 시대는 치유의 시대라고 부르고 싶다.

　반드시 치유의 시대여야 한다고 말하고 싶다.

　너무도 치열하게 경쟁하며 돈의 가치를 높이는 것이 아니라 내면의 건강함을 찾고 바른 삶을 지향해야 할 것이다. 경쟁해서 많은 것을 얻었고 많은 것을 이루었어도 내면의 안정이 없으면 자신의 내면이 흔들리며 위태롭거나 무너질 수 있다.

내면의 건강함을 만들면 주변 환경에 의해 휘둘리지 않고 진짜 자신이 가야 할 길이 보인다.

그 길은 무언가 해를 입히는 일이 아니라 자신을 돕고 주변을 도우며 함께 성장하고 함께 사는 길이길 바란다.

나 또한 말실수도 하고 의도하지 않았지만 타인에게 상처를 줄 때도 있다.

그래서 내가 가는 길이 우리가 가는 길이 하느님께서 함께해 주시길 기도해야 한다.

사람들은 세상에 대한 확실한 대답을 듣고 싶어 하는 듯하다. 특히나 겁이 많고 의지가 약한 사람들이 자기를 이끌 수 있는 사람의 이야기를 신적으로 믿고 따르는 것 같다.

그러나 그를 악용하는 사람들이 곳곳에 나타나고 그들을 따르는 희생자들의 눈물이 그냥 남의 일인 듯 외면하기 어렵다.

그래서 더 전하고 싶다.

내가 들은 신의 음성을….

자연이 이루고 있는 환경의 경이로움은 산을 보아도 알 수 있고 하늘을 보아도 알 수 있다.

작은 씨앗을 화분에 심어도 알 수 있으며 사랑스러운 아기가 태어났을 때도 알 수 있다.

생명의 고귀함과 아름다움 신비로운 자연의 섭리를 살아 있는 것이 보여 주는 기운들 너무도 신기하게 누군가 만들지 않았다고 하기엔 드러나 있는 규칙들.

내 꿈에 나타나 신이 말해 준 듯한 웅장한 울림이 있는 음성.

"모두가 하느님이 낳았느뇨, 하느님을 믿으면 구원받을 수 있다."

"너는 가서 많은 사람들에게 전해라."

어떤 종교를 가지고 있든 이 하나만 기억하라는 듯했다.
모두에게 공평하게 내려 주신 은총인 것처럼….

하느님께서는 항상 다양한 방법으로 우리를 부르시고, 우리가 그 부르심에 응답하기를 기다리신다.

그분께서 나를 쓰시려고 나를 부르셨다. 내가 겪은 신비롭고 놀라운 일들이 가리키는 종교는 가톨릭에 가깝다. 그러나 나는 독선적인 것을 좋아하지 않는다.

나무가 대지에 뿌리내려 나무가 지닌 능력을 펼치고 나무의 쓰임이 다양하듯, 나 또한 내가 받은 메시지를 전달할 뿐 내 이야기의 쓰임은 글을 읽는 독자의 몫이다.

내가 이야기하길 원해서 나에게 나타나신 이유가 있을 것이다.

가톨릭교회는 예수님께서 2천 년 전, 베드로를 중심으로 한 제자들을 통해 이 지상에 직접 세우신 교회입니다.

"내가 이 반석 위에 내 교회를 세울 터인즉, 저승의 세력도 그것을 이기지 못할 것이다. 또 나는 너에게 하늘나라의 열쇠를 주겠다. 그러니 네가 무엇이든지 땅에서 풀면 하늘에서도 풀릴 것이다." (마태 16: 18-19)

가톨릭(catholic)은 '보편적이다', '일반적이다', '사사롭지 않다'라는 뜻을 갖는 말입니다. 따라서 '가톨릭교회'는 어떤 국가나 민족, 개인에게 국한된 것이 아니라, 이 세상 모든 사람, 곧 인류 전체를 위한 세계적이며 보편된 교회라는 뜻을 지닙니다. 시대와 장소를 넘어서서 모든 사람을 올바른 길로 이끄는 종교라는 것입니다. (천주교 예비신자 교리서 함께하는 여정 p136)

이처럼 보편적 사랑으로 모든 이를 올바른 길로 이끄는 종교로써 사랑을 실천하는 종교이다.

내게 일어난 일이 신기하지만 나는 너무나도 평범한 사람이기에 무얼 해야 할지도 감이 안 오고 어떻게 하느님이 내주신 숙제를 풀어가야 할지도 모르겠다.

　내가 책을 써야겠다고 생각이 들어 쓰기 시작한 6개월 전부터 한국에 와서 다니고 있는 성당 신부님께 말씀드리고 책에 쓸 좋은 말씀을 얻고자 물어보고 싶은 마음이 간절했지만 그분도 듣고 별말이 없으실지도 모른다는 걱정에 주저할 때 성당에서 관심 있는 사람 보라고 놔둔 책에서 해답을 찾은 듯하다. '신천지 팩트체크' 부록에 쓰여 있는 글이 내가 찾는 글이었다. 그런데 그 글의 참고 서적이 교리서였다. 처음 천주교 세례를 받기 전 받은 입문서와 비슷했다. 뭔가 돌고 돌아 내가 처음 성당에서 받은 입문서에 다 적혀 있었던 내용이라니 이래서 '기본이 중요하구나'라는 생각이 들었다.

　내가 또 여러 신자들이 믿음은 있지만 중심을 잡지 못하고 흔들리는 건 성당 갈 시간이 되어 다람쥐 쳇바퀴 돌듯 겉만 맴돌고 있는 신자가 아니었나 싶다. 내게 보여 주신 구원자의 명단은 모든 사람이었다.

　브라질의 상징 중 하나인 히우에 팔 벌린 예수상처럼 모두를 위해 팔 벌리고 기다리고 계신 듯하다.

　　"고생하며 무거운 짐을 진 너희는 모두 나에게 오너라. 내가 너희에게
　　안식을 주겠다. 나는 마음이 온유하고 겸손하니 내 멍에를 메고 나에
　　게 배워라. 그러면 너희가 안식을 얻을 것이다. 정녕 내 멍에는 편하고
　　내 짐은 가볍다." (마태 11:28-30)

　　구원은 인간의 자기완성에 의해 성취되는 것이 아니라, 하느님 사랑에

의해 무상으로 주어지는 은총의 선물입니다. (함께하는 여정 p171)

이처럼 하느님의 사랑이 모두에게 선물이 되길 바란다.

성체와 성혈.
영원한 생명을 주는 참된 양식.
가톨릭교회는 미사 때마다 참된 생명의 양식인 예수님의 몸(성체)과
피(성혈)를 모십니다. 미사 때 이루어지는 성찬례(성체성사)는 예수님
께서 직접 제정하시면서 '나를 기억하고 이를 행하라' 루카 22장; 마태
26장; 마르 14장; 1코린 11장 참조라고 명하셨습니다.

예수님께서는 또 빵을 들고 감사를 드리신 다음, 그것을 떼어 사도
들에게 주시며 말씀하셨다.

'이는 너희를 위하여 내어 주시는 내 몸이다. 너희는 나를 기억하여 이
를 행하여라.'

또 만찬을 드신 뒤에 같은 방식으로 잔을 들어 말씀하셨다.

'이 잔은 너희를 위하여 흘리는 내 피로 맺는 새 계약이다.' (루카
22:19-20)
예수님의 이 파스카 예식은 최후의 만찬에서 거행되는데, 이는 구약의

제사인 파스카 축제에서 속죄 제물로 바쳐지는 어린양 대신 예수님 자신을 하느님 아버지께 신약의 속죄 제물로 미리 봉헌하신 것입니다.

그리고 십자가 위에서 흘릴 이 어린 양의 피는 단 한 번 바쳐짐으로써 이제 온 인류를 구원하기 위한 속죄제물이 됩니다.

사도들과 가톨릭교회는 처음부터 주님의 이 명령을 충실히 지키고 수행해 왔습니다. (사도 2:42-46 참조)

특히 '주간 첫날', 곧 예수님께서 부활하신 주일에 "빵을 떼어 나누려고" 한자리에 모였습니다.

(사도 20:7)

이렇게 가톨릭교회는 최후의 만찬에서 예수님이 세우신 성찬례를 계속 거행하고 있으며, 세계 어디에서나 일치된 전례로 성찬례 신비를 기억하고 행하고 전하고 있습니다.

바오로 사도는 성찬례의 빵과 포도주가 비유가 아니라 실제로 예수님이 주시는 영원한 생명의 빵임을 깨닫고, 코린트 교회 신자들에게 이 빵과 잔을 나누어 먹고 마실 때 몸과 마음을 어떻게 준비해야 하는지 분명하게 선포합니다.

"그러므로 부당하게 주님의 빵을 먹거나 그분의 잔을 마시는 자는 주님의 몸과 피에 죄를 짓게 됩니다.

그러니 각 사람은 자신을 돌이켜 보고 나서 이 빵을 먹고 이 잔을 마셔야 합니다. 주님의 몸을 분별없이 먹고 마시는 자는 자신에 대한 심판을 먹고 마시는 것입니다."

(코린 11:27-29)

(팩트체크 p178)

이처럼 가톨릭 교회는 세계 어디에서나 일치된 전례로 성찬례 신비를 기억하고 행하고 전하고 있다. 꿈에서 '네가 하느님의 것을 먹고 낳을 것이 있다'고 했었다. 내가 먹은 것이 이 성체를 모신 일이지 않을까 해석되었다. 그전에는 먹은 적 없던 첫 세례식 때 나는 영원한 생명을 주는 참된 양식을 먹었다.

성모 마리아.

사이비 종교인들이 저에게 전교할 때 성모 마리아를 좋지 않게 묘사했었다. 가톨릭은 예수님께 기도하지 않고 성모님께 기도하며 예수님의 교회 앞에 성모상이 예수님의 영광을 가린다고 하며 성경 구절을 보여 주며 성모 마리아를 숭배하는 교회라고 가르쳤다. 지식이 없던 나에게 그 교육은 성모상을 보지 못하게 만들었다. 그래서 더 관심 있게 성모님에 대한 교회의 행동을 들여다보니 그들이 말한 내용은 그 어디에도 찾을 수 없는 거짓이었다.

> 가톨릭 신자들은 예수님과 하느님께 기도할 때 "저희의 기도를 들어 주소서."라고 하지만 성모님께 기도할 때 "저희를 위하여 빌어 주소서."라고 합니다. 왜냐하면 예수님은 우리 믿음의 대상이기에 직접 청하는 것이고, 성모님은 공경의 대상이기에 함께 기도해 주시길 청하는 것입니다. 그래서 가톨릭교회는 '복음 전체의 요약인 묵주기도'

를 바치며 성모님께 우리를 위해 전구해 주시길 청합니다. (팩트체크 p178) [출처] 이금재, 신천지 팩트체크, 바오로딸. 2019년. p.178.

이처럼 성모님은 공경의 대상이며 기도해 주시길 청하는 것이다.

성당에서 봉사도 하시며 믿음이 강하신 시어머니께선 늘 자기 전에 묵주를 들고 기도를 청하신다. 얼마나 오랜 기간을 기도로 늦은 잠을 청하셨을지 모르지만 묵주기도의 신비를 아시는 듯했다. 나에게도 권하셨지만 나에게는 손에 잘 잡히지 않는 일이었다. 그런데 얼마 전 1917년 파티마 성모 발현을 소재로 한 영화를 보게 되었다. 파티마의 기적이라고 간추려진 글을 읽어 본 적이 있었는데 영화로 보니 그 감동이 컸다. 수만 명이 모인 가운데 기적이 일어났고 그 이야기는 지금까지도 전해지고 있지만 누군가는 그냥 보았을 것이고 어떤 이의 마음에는 기적을 보았을 수도 있겠구나 하는 생각이 들었다.

성경에서 귀 있는 사람은 들어라(마태 11:11-15) 누군가에게는 귀가 있어도 듣지 못하는 음성이고 같은 메시지도 누군가에게는 귀담아 들리는 음성일 수도 있다는 말씀일까? 나도 묵주기도를 청해 볼까 하는 믿음이 생기게 하는 놀라운 기적을 볼 수 있는 영화였다.

그리고 황창연 신부님 강연에서 들었던 성체 기적 일화의 이야기가 있다. '프라하의 베드로 신부는 평소 매일 영하는 제병과 포도주가 과연 그리스도의 몸일까'라는 의구심으로 괴로워하다 1263년 1년간 로마로 성지순례를 떠났다.

베드로 사도의 무덤을 찾아 흔들리는 신앙을 추스르기 위해서였다.

예지몽 꾸는 세실리아

순례를 마치고 돌아오는 길 볼세나의 산타 크리스티나 성당에서 미사를 접전하던 중 자신이 축성한 성체(빵)가 실제로 그리스도의 몸과 피가 될지 의구심을 갖고 미사를 봉헌하던 중 빵을 축성하고 그것을 자르자 거기서 피가 뚝뚝 떨어지는 것을 보게 되었다. 놀란 사제는 피에 젖은 성체포를 제대 밑에 숨기고 미사를 마쳤는데 소문이 인근 마을까지 퍼졌고 마침내 가까운 곳에 체류 중이던 우르바노 4세 교황에게 보고 되었다. 즉시 조사단이 파견되었고 조사 결과로 '성체 기적'이 선포되었다고 한다. 그 이후로 1264년 '성체성혈 대축일'이 제정되었다고 한다. 지금도 오르비에토 대성당에 가면 기적의 성체포를 볼 수 있다.

평범한 나에게 기적적인 신비를 경험하게 하신 데에는 그만한 뜻이 있을 듯하다. 나는 내가 경험한 기쁜 소식을 전하며 누군가 비료를 주고 비닐하우스 속에서 키운 값비싼 꽃이 아닌 누구나 볼 수 있는 작은 들꽃처럼 많은 이들에게 기쁜 소식을 들려주고 싶다.

'모두가 하느님이 낳았느뇨, 하느님만 믿으면 구원받을 수 있다!
너는 가서 사람들에게 알려라.'
'하느님을 믿는 마음을 가지고 세상을 바라보면 수많은 기적이 보이기
시작할 것이다. 하늘을 자유롭게 나는 새도 드넓은 하늘의 쉼 없이 움
직이는 구름도 땅에 피어나는 많은 것들도 계획해서 만드신 하느님을
믿지 않고서는 설명되지 않을 살아 있는 신비와 기적을 보고 느낄 수
있을 것이다.'

"서로 사랑하여라."

사람은 누구나 겪는 고통이 있다. 그리고 그 고통을 이겨낸 사람들은 더욱 강해진다. 또 어떤 사람은 고통에 위축되어 살아가거나 어떤 사람은 병든다. 또 어떤 사람은 그 고통이 전부가 되어 생명의 끈을 놓게 되는 경우도 있다.

마치 깊은 바다에 빠져 못 나오는 익사자처럼 서서히 숨이 멎는다.

나에게 고통이 왔을 때 나는 살고 싶었던 것일까? 나를 살게 하는 말들이 나를 조금씩 일으켰다. 아무것도 아닌 말들은 조금씩 나를 일으켰다. 나는 걸을 수 없었다. 내가 슬픔에 잠겨 물에 빠진 것처럼 몽롱하고 앞이 보이지 않는 어둠 속에서 숨을 못 쉬다가 결국 내가 미쳐 버릴지도 모른다는 두려움에서 벗어나려고 할 때야 비로소 난 걸을 수 있었다. 슬픔과 좌절, 불안, 실패는 살면서 조금이거나 많거나 경험하게 되는 일들이나 결코 나에게만이 아니라는 것이다.

깊은 슬픔의 심연에서 빛을 향해 나오길 바란다.

신은 신을 찾길 원해서 모두에게 공평하게 '완벽하지 못하게 만들었을지도 모른다.'

인간은 살면서 끊임없이 외로움을 느끼며 살아간다.

그것은 각자가 해야 할 일이 주어져 있기 때문일지도 모른다. 신께 제가 그 길을 잘 걸어갈 수 있도록 기도해야 한다. 내 몫을 잘해 나가야 한다. 그 삶의 여정이 외로울지라도 그것은 인간의 숙명이며 살아

예지몽 꾸는 세실리아

있는 모든 것들도 그렇다.

얼마 전 집 앞에 핀 벚꽃나무들이 벚꽃을 아름답게 피워 냈다. 많은 사람들은 그 화려하게 피어 있는 하얀 벚꽃에 열광했다. 그리고 단 열흘 만에 동글동글 작고 귀여운 벚꽃잎을 떨어트리며 벚꽃은 화려한 축제의 마지막 피날레를 장식하더니 무대의 막이 내려진 듯 벚꽃길은 조용해졌다. 마치 벚꽃나무는 1년 중 단 열흘, 사람들을 위해 그 자리에서 모진 바람을 견디며 외로이 그 자리에서 자신의 할 일을 다하며 살아가고 있었던 것 같았다.

유능한 사람은 정해진 것이 아니다. 내가 특별해지면 특별한 사람이 되는 것이다. 그러니 나는 할 수 없다며 삶을 포기하지 말자. 슬픔의 계단도 밟고 올라가고 행복의 계단도 밟고 올라가고 실패의 계단도 밟고 올라가다 보면 슬픈 날보다 행복한 날이 더 많음을 내려다볼 수 있을 것이다. 세상에는 나쁜 사람보다 좋은 사람이 더 많다. 일부는 나쁜 사람들 때문에 물들어 버린 때가 있는 사람도 있을 것이다.

계단을 돌아볼 때 나에게 중요한 것, 내 인생에 중요한 것이 무엇인지 보고 그다음 인생의 계단을 걸어갈 때 안고 가 보자 그 끝은 슬픔이 끝이더라도 평안함이 끝이더라도 우린 이 생이 끝이 아니라는 것을 기억해야 할 것이다. 끝이 아니라는 것이 가져다주는 무한한 자유를 느끼며 살아가길 바란다.

벚꽃나무는 버찌 열매를 맺고 그 씨앗을 땅에 떨어트렸다.

나는 살아가며 어떤 열매를 맺고 어떤 씨앗을 퍼트리게 될까?

바란다면 빛의 씨앗을 맺고 싶다.

빛의 씨앗이 자라나 어둠을 밝히길….
사랑의 빛이 빛나는 세상이 오길….

이 책은 글이라고는 초등학생 때 글짓기 써 본 게 다였던 나에게 하느님께서 내주신 숙제를 잘 풀어 보고 싶어 세 아들들을 코로나 상황 속에 거의 집에서 보육하며 시간이 날 때마다 쓰다 보니 집필 기간이 길어졌다.

지금까지 1년에 두어 번 신비로운 꿈을 꿨었는데 글을 쓰고 있어 그런지 조금은 자주 뭔가 뜻이 있는 꿈을 더 꾸게 되어 후반 글을 추가하게 되었다.

무슨 꿈이 더 중요한지 모르지만 신기했던 꿈을 일자 순서대로 기록한다.

코로나 바이러스의 무서운 전파속도는 세계 곳곳에 많은 사망자들이 발생하게 했고 처참히 죽어가는 모습이 너무나도 슬펐다.

나의 기도가 도움을 줄진 모르지만 미사 때 인도나 브라질처럼 더 어려운 곳을 위한 기도를 여러 차례 드렸다.

그래서일까 또 이상한 꿈을 꿨다.

몇 가지 추가된 꿈 내용들을 추가하며 다소 두서없을 수도 있다.

2021년 4월 25일,
꿈에 아시아인데 어딘지는 모르겠으나 인도 비슷해 보이는 곳에 나무로 된 방갈로 위에 한 노인이 있었다. 지대가 살짝 높아 보였고 나무로 정교하게 조각해 놓은 듯한 조각 작품 의자에 앉아 있었다. 하얀색과 검은색이 살짝 섞여 있는 듯한 수염이 길게 나 있었는데 얼굴은 자세히 기억나지 않는다. 그분이 나를 부르더니 보여 줄 것이 있다고 했다. 미래에서 보내 준 것이라면서 움푹 파인 땅속에 무엇이 보였다. 그것이 미래의 가치 있는 무언가로 보였다.

2030년인지 2050년인지 기억이 정확하지 않지만 미래에서 온 것이라고 했다. 금으로 된 동전 같기도 한 것이 있었고 나에게 대단한 걸 알려 준 것처럼 말해 주었다. 금이야 지금도 가치 있지만 금화를 나타내는 건지 다른 것인지 모르겠다.

그리고 나에게 세상에 일어날 대폭발에 해결책이 있을 거라며 늙은 노인분은 그 해결책을 미래로 보내 주라고 했다.

내가 미래로 보낼 해결책이 있다고요? 의아해하며 나는 떠날 시간이 되어 공항으로 가려고 했는데 인도인지 비슷해 보이는 그곳은 피난민들처럼 버스에 사람들로 꽉 차 있었고 버스 위에까지 사람들이 올라타고 어딘가로 향했고 나도 그 버스를 겨우 탔고 꿈에서 깨었다.

내가 보내야 할 해결책? 내가 쓰고 있는 이 책이 세계 널리 퍼져야 하는 건가?

뭔가 흙먼지가 일으키고 있는 뿌연 곳에서 만난 노인이 나에게 대폭발이 있을 미래를 위한 해결책을 보내야 한다고 했다.

미래에서 온 건 꼭 반짝이는 금화 같기도 했다.

세상의 대폭발 혼란 속에 내가 이 책을 통해 전하는 메시지가 도움을 준다는 것일까?

'누구나 죽음에 이르니 나를 위함이나 내 가족을 위해 또는 자국을 위해 다수의 희생이 따르는 일을 멈춰야 한다. 그 죄의 값을 치르는 이는 그 일을 행한 이가 가장 큰 벌을 받게 될 것이다.'

세상의 순환 속에….

2021년 7월 12일 월요일,

꿈속에서 나는 누군가를 만나고 얘기하다가 친구가 낳은 2살쯤 되어 보이는 아기가 눈에 들어왔다. 너무 귀여워서 잠깐 봐주다가 아이를 안은 채 길을 잃었다. 여기가 어디인지 두리번거리며 길을 헤매고 돌아다니다가 하늘에서 사람보다 더 큰 새 여러 마리가 쏜살같이 빠르게 내려오는 것을 보았다.

까마귀처럼 생겼으나 크기가 사람 5명을 합친 것보다 커 보이는 새가 하늘에서 날개도 펴지 않은 채 빠르게 내려오는 모습에 너무 놀라 도망쳤다.

돌보고 있던 아이를 업은 채 여기가 어딘지 알아야 아이의 엄마도 찾아 줄 텐데 하며 도망치다가 기차역 같은 곳이 있어 역의 이름을 보려 했는데 읽을 수가 없었다. 한글이 아니었다. 그래서 옆에 있던 행인에게 여기가 어디냐 하니 역 이름을 알려 줬다. 듣고도 어딘지 몰라 도망치는데 검은 새들이 사람들을 공격하고 있었고 사람들은 겁에 질려 도망치고 있었다. 나도 도망치다 어떤 교회에 들어갔는데 교회 안 예배당 의자에 사람들이 몇 명 들어가 있었고 서로 부둥켜안으며 울고 있었고 두려움에 떨고 있었다.

목사님인지 운영자인지 이리 오라고 사람들을 불러 모아 나도 따라 갔는데 사람들을 모으는 위치가 이상했다.

마치 검은 새가 그 건물을 공격하면 먹잇감으로 내어 주려는 건지 1 층도 아닌 위층 옥상 발코니 같은 곳에 사람들을 십여 명 모아 놓고 정 작 본인들은 벽 뒤에 숨어 있는 것을 보고 나는 놀랐다. 그래서 몰래 그곳을 빠져나와 다른 길목을 가니 이번엔 성당이 보였다. 성당은 성 당 건물 닫혀 있는 문 앞에 수녀님들이 기도 손을 하고 간절한 기도를 청하고 있는 모습이 보였다.

교회와 대조적인 모습으로 보였다.

수녀님들이 성당 밖에서 기도로써 성당 안을 지키고 있는 모습인 듯 했다. 그리고 나는 또 다른 길을 들어섰을 때 그 아기 엄마랑 전화가 되었다. 그 아기 엄마는 마치 나에게 아기를 맡겨 두고 정작 본인은 다 른 공부를 하고 있는 모습이 보였다.

나의 선의를 이용한 듯했다.

그리고 작은 음성이 들렸다.

'새들은 너를 공격하지 않아'였는지 그 검은 새를 피할 무언가가 있 다고 했는지, 그 이야기를 끝으로 깼다.

'하늘에서 세상에 내리 꽂히듯 공격적으로 내려온 새.'

'교회의 모습과 성당의 모습.'

'그리고 내가 아는 무언가….'

이 꿈도 뭔가 전해야 할 내용이 있는 듯해서 곰곰이 생각하며 꿈을 풀이해 봤다.

가톨릭에서 분파된 기독교는 많은 이들에게 하느님의 말씀을 전파한 것은 사실인 듯하다. 하느님 말씀을 알리고 사랑을 실천하는 교회가 대부분이겠지만 너무 많은 잔 가지들이 나고 나기를 반복해 관리가 안 되고 제각각 다른 이야기들을 하고 있는 곳들도 있다. 신자보다 돈을 중요시하는 교회는 극히 일부겠지만 절대 그런 목회활동을 해서는 안 된다는 메시지일 수도 있다. 겸손을 저버리고 신도들의 하느님에 대한 사랑의 선물을 목사 또는 운영진 본인의 배를 채우기에 급급한 사람들이 있는 듯 보인다. 순수하고 약한 사람들의 돈을 빼앗고 혼자 되게 만드는 이들이나 성경을 들고 다니며 성경 구절을 짜집기해 본인들이 신이라고 현혹 시키기 때문에 하늘이 진노하여 검은 새를 내려보내신 걸까?

그래서 사람들이 분별력을 가질 수 있길 바라서서 꿈에 그렇게 보인 것일지도 모르겠다. 나는 몇몇의 신기한 꿈 내용들을 그때그때 메신저에 저장해 두는 습관이 생겼다. 그래서 위에 언급된 꿈의 내용들을 그 날짜에 저장해 놓거나 기록해 놓은 것들을 보고 글로 기록한다.

자연재해는 늘 있어 왔지만 이날 이후에 더 무섭게 쏟아져 나왔다. 하늘에서 검은 새가 내려오듯, 세계 곳곳에 쏟아진 폭우.

2021년 7월 12일 폭우가 영국에서 시작되어 13일 독일과 벨기에를 중심으로 기록적인 강수량으로 홍수가 발생하여 수많은 피해를 끼쳤다.

서유럽 홍수라고 보도되었다.

이 홍수는 100년 만의 기록적인 폭우로 1500여 명의 실종, 사망 발생을 가져왔다. 기상전문가들은 기후 변화를 원인으로 지목했다. 또한 7월 13일 중국에서도 수해 피해가 있었으며 7~8월까지 세계 곳곳에 폭염, 폭우, 대형 화재가 발생하여 연일 뉴스에 보도 되었다.

'하늘에서 내린 재앙처럼.'

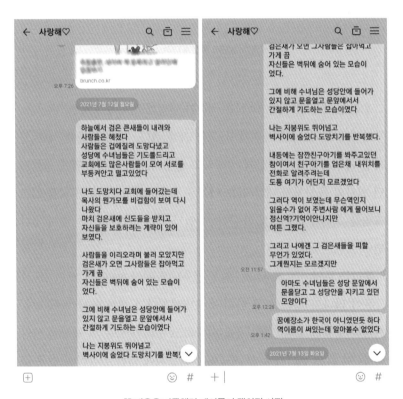

꿈 내용을 기록했던 개인톡이 캡처된 사진

꿈에서 본 하늘에서 무섭게 내려오는 검은 새

우린 무엇을 해야 할까? 신은 우리가 어떻게 행동하길 바랄까?

나에게 새가 너를 공격하지 않을 거라 했다. 세계 곳곳에 예측 불가한 자연재해가 빈번하게 발생되고 있었다. 꿈에서 내 귀에 속삭였던 천사의 음성처럼 내가 있는 이곳은 조용하다. 더 열심히 글을 쓰고 그림을 그려야 하는지도 모른다. 무언가 내가 알려야 하는 것이 있다면….

우리는 무엇이든 파괴하는 일을 멈추도록 해야 한다.

돈이 많다고 행복한 게 아니고 유명해진다고 행복한 삶이 아니다. 사랑하며 살아 보자. 내 이웃을 사랑하고 우리가 사는 이 세상을 사랑하자. 이 책은 우리가 무엇을 믿어야 하는지에 대한 길잡이를 말해 준다. 더 이상 방황하고 상처받거나 흔들리지 않게 도와줄 수 있다고 믿는다. 그렇다면 어딜 가서 하느님에 대해서 알아 가고 믿음을 키워갈 것이냐에 대한 내가 본 꿈에서 가리키는 종교는 천주교다.

　나는 타인의 생각과 각자의 믿음과 신념을 존중해 주는 사람이다. 그 어떤 편견을 가지고 사람을 보려 하지 않으려 노력하는 사람임에도 불구하고 여러 가지 예지몽을 꾸게 되었고 꿈을 통해 천국까지 보여 준 하느님은 나에게 여러 부분에서 변질된 종교들 중 천주교에서의 가르침이 가장 하느님의 사랑을 보여 주기 적합하여 알려 주고 있는 듯했다. 그렇다면 분명히 이 이야기는 자신이 불교 신자라면…. 기독교 신자라면 그 밖에 타 종교인들은 반감이 들 것이다. 그런 화를 하느님은 원하시지 않을 것 같다. 당신 자신 안에 선한 목자 하느님께서 가까이 계시니 당신이 믿고 의지하는 곳에 있으되 자신 속에 있는 하느님의 사랑의 씨앗이 있다는 걸 알기를 바란다. 다만 종교라는 이름으로 순수한 사람들을 이용하는 목회자들이 있으니 판단하기 어렵다면 성당에 가 볼 것을 추천하는 정도로 읽어 주어도 좋을 듯하다.

　가장 중요한 메시지는 모두가 하느님께서 낳았고 하느님을 믿고 서로가 사랑하며 살아가길 바라는 하느님 뜻이며 죽고 나서의 사후 세계가 있으니 현세에 선한 마음을 지키며 살아가는 것이다.

　개인적인 생각으로는 여러 나라의 언어는 다르지만 속뜻이 비슷하듯 종교의 종류는 많으나 신은 결국 한 분일 것이라는 생각이 들었다. 내가 꿈속에서 본 신의 모습은 하느님의 형상과 가까운지 부처님의 형상과 가까운지 명확히 말하기 어렵다.

　사랑의 형태가 명확하지 않은 것과 같다고 볼 수 있다.

　단 한 분의 자녀들인데 각자의 신의 모습이 다르다고 맞네 아니네

전쟁까지 일으키며 피 흘리는 것이 신이 원하는 방향이 아닐 거라 생각된다. 각자의 문화를 존중하듯 각자 믿는 형태의 신을 존중해 주되 신이라고 믿는 사람들에게 자행되는 일부 종교의 인권문제를 보이고 있는 종교의 제지가 필요할 뿐 그 외의 선의를 행하고 각자의 모습대로 종교의 길을 걸어가는 많은 사람들이 무엇이 맞다/아니다라고 구분 짓기에는 어렵다고 생각된다.

인간의 개개인이 각자 장점뿐만 아니라 단점도 갖고 있으니 우리가 함께 사회를 이루고 살아가듯 종교의 화합도 그런 것이어야 할 것 같다.

2021년 6월 4일,

남편 회사 가기 전 간단히 먹을 아침과 아이들 아침을 준비해 먹이고 학교에 보내고 집안일을 해 놓고 밀려오는 피곤에 잠깐 잠이 들었다. 잠깐 자려고 해서 그런지 선명한 꿈을 꿨다. 꿈에 고등학교 때부터 친구인 정이와 만나 대리석으로 된 건물 안을 걷고 있었다. 그러다 정이 어머니를 만났고 정이 어머니는 어떤 남자의 팔짱을 낀 채 같이 오셨고 정이에게 가까이 다가가 말했다.

"정이야~ 언니한테 잘해 주고….." 뭐라고 더 말했지만 나에게 하는 말이 아니라 거기까지만 들렸다. 그리고 남자분과 함께 내 옆을 지나가셨다. 꿈에서 정이는 복잡한 심정이 올라오듯 목놓아 울었다. 원래 자신의 감정을 드러내지 않는 친구인데 예전부터 언니만 챙기더니 하며 울었다. 아직도 언니만 챙긴다며 우는 정이를 나는 다독이며 커피 마시러 가자고 친구를 달래다가 꿈에서 깨어났다. 그 꿈을 깨고 선명한 꿈을 생각해 보니 불과 1년 전쯤 돌아가신 친구 어머니였던 지라 돌아가신 친구의 어머니와 아버지를 본 게 마음에 걸려서 친구에게 전화했지만 친구는 전화를 안 받았다. 그래서 친구에게 카톡을 보냈고 잠시 뒤 친구에게 전화가 왔다. "예은아⋯. 나 엄마 생신날이라서 언니랑 엄마, 아빠 납골당에 왔어⋯." 나는 소스라치게 놀랐다. 정이의 아버지가 돌아가시고 1년 만에 어머니도 돌아가셨다. 그 두 분은 같은 납골당에 모셔져 있다.

"언니한테 잘해 주고⋯."

엄마를 만나러 간 정이와 정이의 언니에게 다가가 둘의 어머니인 영혼이 얘기하는 게 내 꿈에 보였을 수도⋯.

다른 날 사망한 부부의 영혼은 만났나 보다.

우린 사람이 죽으면 어디에 가는지 보이지 않기에 알지 못한다. 전해져 내려오는 이야기 속에서나 종교에서 알려 주는 이야기들로 사후 세계가 있을까라는 의문이 들며 그곳은 막연하고 보이지 않는 미지의 세계이다. 어릴 적부터 호기심이 많고 탐구하기를 좋아했던 나는 집 앞이었던 학교 운동장에 나가서 친구들과 자주 놀기도 했지만 친구들이 집에 가고 혼자 있어도 그 시간이 심심하지 않았다. 식물의 뿌리 모양도 나무에 피어난 목련나무의 솜털 달린 꽃 몽우리도 나의 호기심을 불러일으키는 요소들이 가득한 곳이었다. 집에서는 과학 서적을 즐겨 읽었고 간혹 친구들이 들려주는 귀신 이야기나 강시 영화나 천녀유혼과 같은 그 시대 홍콩 영화들은 어떤 내가 모르는 세계를 보여 주는 듯 재미있었다.

그러나 사후세계든 종교적 이야기든 신기할 뿐 그다지 나의 삶에 큰 영향을 미치진 않았는데 나이가 들어갈수록 인생 속 함께 쌓여 가는 미스터리한 일들은 점차 그저 들려지는 이야기들이 아닌 직접 경험하는 일들이 쌓여지면서 내가 풀어나가야 할 숙제가 되어 있다.

십여 년 전 세상을 떠난 남자친구의 납골당에는 그가 죽고 1년이 지났을 때 가고는 가 보지 못했다. 내가 새로 만나는 연인에 대한 예의가 아닌 것 같았다. 그저 슬프게 끝나 버린 사랑 이야기로 묻어 버렸다. 내가 그곳에 가면 그의 영혼이 세상에 미련이 남아 천국에 갈 시간을 놓칠 것 같기도 했다.

그리고 꿈에서 나타나는 죽은 자의 영혼들….

'얼굴조차 모르는 할아버지가 알려 준 로또번호'

'얼굴조차 모르는 시할머니가 알려 준 시할아버지의 죽음의 예견'

'죽은 남자친구가 들려준 세상의 문이 열리면 세상으로 들어올 수 있는 영혼들의 모습'

'돌아가신 친구의 아버지가 꿈에 나와 인사하시고 난 뒤 11년 동안 몇 차례에 걸친 시험관 시술조차 실패를 거듭한 친구의 임신과 출산'

'꿈에서 보인 돌아가신 친구의 어머니와 아버지가 함께 있는 모습과 어머니가 친구에게 건넨 말'

"언니한테 잘해 주고…."

놀랍게도 친구는 내가 꿈꿀 당시 납골당에서 언니와 함께 돌아가신 아버지, 어머니를 뵈러 가 있었다.

난 십여 년 전 처음으로 인간의 몸이 한 줌의 재가 되어 작은 유골함에 담기는 모습을 보았다. 삶이 허망하기도 하고 말조차 건네도 들을 수도 없는 존재가 된 것 같았다.

납골당에 가야 그저 그간의 추억을 떠올리고 아련해 할 뿐 그곳에 영혼이 있다고 눈에 보이지 않는 영혼을 확신을 갖고 믿을 순 없었다.

그런데 놀랍게도 나에게 일어난 일들은 육신에 붙어 있는 영혼의 육신이 있는 삶은 끝났지만 영혼으로 살아가는 삶이 있다는 것을 아주 작게나마 느낄 수 있었다.

'보이는 세상이 전부가 아니라고….'

'예고 없이 찾아오는 죽음은 두렵고,'

'세상을 함께 살아가던 이들의 죽음은 허망하고,'

'이별의 준비조차 못 하고 이별하게 되는 순간도 오지만….'

죽음으로써 눈에 보이지 않는 영혼이 되어 어딘가에서 또 살아가고 있음을 알게 된다. 살아 있는 이생만 살아갈 것처럼 나만 알고 즐기기만 하는 삶이 아니라 죽음에 대한 영원한 깊이를 알고 영원한 삶으로 나아가기 전 어떻게 살아가야 하는지 지혜를 얻길 바라야 할 것이다.

🌙 기도의 신비

2021년 중순쯤 아들 친구 엄마들 모임에 비보가 있었다.

김 씨의 시어머니 연세가 팔십이 넘으셨는데 거동이 불편해지셔서 병원에 갔다가 담도암 말기 소식을 듣게 되었다. 암은 골반과 척추에 전이되고 나이도 있으신 데다가 뼈에 전이되어서 이제 얼마 안 남으셨다고 병명 결과를 통보받았다.

그리고 한 씨의 아버지는 이제 60대 초반에 췌장암이 발견되면서 말기에 알게 된다는 암이 3기에 접어들었다고 울먹이며 말해 주었다. 그래서 기도해 주겠다고 잘 치료받으시길 바란다고 했다. 그리고 성당에서 영성체를 받고 하는 기도가 잘 들어주신다기에 두 분을 위한 기도를 했다.

첫 번째 김 씨의 시어머니는 이미 호스피스 병동에 입원하신 터라 치료될 수 있다면 잘 치료되길 바라며 나이가 있으시니 치료가 어렵다면 고통의 시간이 길지 않길 바란다고 기도했다.

그리고 한 씨의 60대 친정아버지를 위한 기도는 항암치료를 받고 계시니 치료가 된다면 잘 치료되길 바라며 치료가 어렵다면 이별의 시간이 급작스럽지 않길 기도했다. 그리고 한 달여 만에 김 씨의 시어머니는 돌아가셨다. 나는 그분의 영이 빛나는 하느님의 얼굴을 뵙기를 좋은 곳으로 가시길 기도했다.

그리고 얼마 전 2022년 6월 16일 지인들과의 만남에서 한 씨는 미소를 띤 얼굴로 기쁜 소식을 알렸다.

아빠의 항암치료는 3기여서 암의 크기를 줄여서 수술할 수 있는 크기로 만든 후 수술하려던 게 목적이었다. 그래서 불과 몇 달 전의 만남에서도 암 크기는 줄지 않았다고 해서 계속 항암치료 중이셨는데 며칠 전 검사 결과는 암이 사라졌다고 했다. 그 소식을 듣고 소름이 돋았다며 좋은 소식을 전했다. 김 씨는 예은 씨 기도의 기적이 아니냐고 말했다. 나도 모른다.

하느님께서 그 기도를 들어주신 건지, 한 씨의 아버지가 치료를 잘 받으셨고 60대이니 암을 이겨 내신 건지는….

그러나 기도가 주는 신비는 분명하게 있다는 건 안다.

기도처럼 김 씨의 시어머니는 오랜 병원 생활이 아닌 한 달 정도의 병원 생활을 끝으로 눈을 감으셨고 한 씨의 아버지는 암이 사라지는 기적을 경험하셨다.

요즘에는 암이 잘 치료되기도 하니 기도의 기적이라고 분명히 말할 수 없지만 나는 여전히 기도의 신비를 믿으며 많은 이들을 위해 기도한다.

2022년 6월 4일의 꿈 내용 중,

예지몽일지도 공상과학영화 같은 꿈일지도….

선명한 꿈은 혹시 전달해야 하는 암시가 있을지도 모른다는 의구심에 알리는 꿈 내용이다.

꿈의 처음 장면은 어두웠다. 세상은 잿빛이 내려앉아 빛조차 보이지 않는 칠흑 같은 어둠뿐이었다.

사람들은 각각 자신의 나라의 정치 성격대로 줄 서 있었다.

'민주주의/공산주의'

어두운 얼굴들을 하고 수를 셀 수 없을 만큼 많은 사람들이 줄 세워져 있었다.

각자의 이념이 충돌하여 분열이 일어나고 세계가 혼란스러우니 한 여자가 그 무리들 제일 앞 중앙에 섰다.

그곳에 내려앉은 잿빛 세상 속 어둠에 한가운데 빛을 비추는 듯 빛을 내는 하얀 옷을 입고 그들 앞에 서 있었다.

어떤 물건인지 무언가를 높이 들었다. 그것을 '히아신스'라고 불렀다(그냥 내 귓가에 들렸다는 표현이 맞다. 그녀가 든 것이 히아신스라고…). 형태는 히아신스라는 꽃과 같았는데 꽃을 든 것이 아니라 십자가에 하얀 빛이 히아신스라는 꽃처럼 핀 듯했다. 그러한 형태의 빛을 높이 들었다.

어둠 속에서 그녀가 든 '히아신스'는 빛을 내었고 아름다운 노래가 흐르더니 암흑의 시대의 다음 시대처럼 미래도시 같은 곳이 보였다.

도시의 명칭은 '모핀토리'였다.

잘 차려입은 안내자는 나를 안내했다. 도시는 거대했으며 나무나 풀 따위는 보이지 않았다. 교통수단 같은 것이 보였는데 모든 이동 수단이 자율주행처럼 작동되었다. 크고 작은 네모 형태의 물체들이 도로 위를 이동하고 있었다. 네모진 형태의 크기는 크고 작았으며 색은 다양했다. 차량 간의 간격이 일정한 것이 지금의 교통수단과는 달랐다. 빼곡히 차선에 들어찬 차량들은 건물과 건물 사이를 연결해 둔 도로에 따라 이동했다.

그리고 안내자들은 높은 건물 안으로 나를 안내했다.

건물에 들어가서 집을 보여 주었는데 집이 크지 않았다.

집 안 한쪽 전면은 통유리로 되어 있어 도시의 전경을 한눈에 볼 수 있었다. 그리고 꿈은 끝났다.

무언가 전달해야 할 내용이 함축된 이미지를 보여 준 듯했다.

그래서 이 책에 함께 싣기로 결정했다.

건물과 건물 사이로 도로가 있었으며 건물에서 도로가 붙어 있는 것은 아마도 외부의 공기가 내부와 차단되어야 한 것인지 편리하게 집 앞까지 이동되게 만든 것인지 건물과 도로가 맞닿아 있었다. 집안의 형태가 그리 크지 않았던 것은 설계된 작은 도시 안에 많은 사람들이 들어가 살아야 하기 때문인 듯했다.

각기 다른 크기와 색깔의 차들은(차량 폭은 일정했다. 도로의 폭이 크지 않았다.) 대중교통이나 개인용 이동 수단들로 보이며 모든 수단의 운영체제는 자율주행인 듯 차량과 차량과의 거리가 빼곡하고 일정한 간격이었다. 모든 교통수단이 아주 일정한 거리를 두고 이동되고 있었다. '모핀토리라는 미래도시일까?', '그저 꿈에 불과할까?'

바람이 있다면 어떤 정치사상을 가지고 있든지 지도자들은 자신의 나라의 국민의 자유를 침해하고 군림하는 것이 아니라 모두가 공평하고 정의로운 질서 안에서 자유롭게 살아갈 수 있는 사회를 만들어 갔으면 하는 바람이다. 지도자 자리에 있는 분도 사람이다. 지도자라서 귀하고 낮은 계급의 사람이라고 해서 천하지 않다.

아무리 기술력이 좋아서 영원히 죽지 않을 수 있게 최후에 냉동인간이 된다 해도 영혼을 얼릴 수 없다. 오히려 그 영혼은 자유롭지 못할 수도 있다. 육신은 잠깐일 뿐 자신의 영혼을 위해서라도 살아 있는 동안 자신이 가진 선함을 지향하며 살아가길 바라본다. 그렇다면 잿빛 세상의 혼란과 슬픔이 오지 않을 수 있지 않을까? 나무 한 그루 보이지 않는 미래를 꿈꾸고 싶지 않다. 작은 풀 한 포기의 생명이 내뿜는 아름다움도 잃을 수 없다.

2023년 4월 8일 꿈 내용 중,

꿈에서 나는 교회 예배실 강단에 서서 강연 중이었다. 미사를 집전하는 제대가 아닌 독서대라고 불리는 곳이다.

강의를 듣는 청중 중에 한 사람이 질문했다.

"기도는 하루 중 어느 시간대에 해야 하느님께서 들어주실까요?"

내가 대답했다.

"하느님께서는 세상을 창조하신 분이십니다. 그러니 그분은 낮에도 밤에도 새벽에도 어떤 시간에도 들으십니다. 이를테면 새벽은 하느님이 만드시지 않은 시간대가 아니라는 겁니다."

또 다른 질문자가 물었다. 무슨 질문인지 모르나 이렇게 대답했다.

"하느님은 악을 이기시는 분이십니다. 하느님의 자녀는 악을 두려워하지 마십시오."

이 답변 내용은 내가 생각해서 답을 하는 게 아니었다. 나를 빌려 강한 존재가 답하고 있었다.

그래서 나는 내 입으로 내뱉은 말에 스스로 깨닫고 놀라워했다.

다른 질문자가 물었다.

"왜 천국의 세상을 보여 주지 않으시나요?"

그러자 대답했다.

"악이 그 사실을 모르게 하기 위해서라고 대답하시며 그것은 세상에 숨어든 악을 선별하기 위함이라고 하셨다."

그리고 또 서서히 현실의 나로 꿈에서 깨어났다.

이 꿈속 강연의 질문과 답변 내용에 놀랐다.

마치 하느님께서 꿈속에서 나를 빌려 세상에 해 주고 싶은 얘기를 하고 가신 듯했다.

나는 생김새도 경제력도 평범하다. 그런 나에게 일어나는 신비로운 일들을 알릴 수 있는 용기를 주신 분들께 감사드린다.

꿈속에서 보았던 이미지를 그림으로 표현하기란 쉽지 않은 일이었다. 더 많이 그려 보고 꿈과 제법 비슷해졌을 때 공개하고 싶었지만 그 정도의 실력을 키우려면 더 많은 시간이 소요될 듯하여 부족하지만 그려 본 내 그림을 따뜻한 마음을 더 해 봐주시길 바라본다. 글 솜씨도 그저 일기를 쓰는 듯 쓴 나의 평범할 법한 일기장에 불과하지만 내가 전하는 뜻은 세상의 언어는 다양하지만 그 뜻은 비슷하고 세상의 종교는 많지만 우리를 지으신 분은 하느님이시다.

그 하느님을 믿고 그분이 가장 중요하게 말씀하시는 사랑을 실천하며 살아가길 바라는 뜻이 전달되기를 바란다. 또한 세례는 성경에서 잃어버린 양을 찾는 것과 같은 기쁨이며 하늘에서 내려 주신 영광이다.

마지막에 실린 그림은 2022년 4월 29일에 꾼 꿈에서 본 나무이다. 그날 꿈은 내용이 무엇이었는지는 기억에 없었다.
묘한 신비가 있는 나무 한 그루가 보였다.

"어? 저게 뭐지?" 하고 신기해하며 그 나무를 자세히 들여다보고 꿈에서 깨었다. 깨고는 바로 그 나무를 스케치했다.

나무는 세상에서 보았던 나무는 아니었다. 오색 빛이 흐르는 나무였다. 그 나뭇가지는 무성했으며 나무 끝에는 빨갛고 동그란 것이 매달려 있었는데 사과는 아니었다. 빨간색은 어두운 빨강이 아닌 맑은 빨강이라 해야 하나? 옅은 빛이 감도는 맑은 빨간색에 동그란 열매였다. 신성한 피가 유리구슬에 담긴 듯했다. 그것이 무엇인지 모르지만 천상의 것이라면 보여 준 이유가 있을 듯하여 이 책의 마지막에 넣을 그림으로 정해 보았다.

'신성한 피가 열매로 달린 거룩한 나무'

'나무의 가지는 오색 빛이 흐르고 있었다'

스케치로나마 표현한 미래 도시의 모습과 히아신스라는 빛나는 십자가 모양의 빛이 혼란 속 잿빛 세상에 빛나던 것을 표현하여 임시로 실었다. 후에 제대로 그려서 보여 주고 싶다.

'내가 하는 이야기는 내가 신비한 경험을 하고 깨달은 바이다.'

나의 주장을 누군가에게 강요하고 싶어서가 아니다.

자연이, 동물이 살아가는 여러 삶의 이야기를 보여 주고 들려주듯 나의 이야기를 들려줄 뿐이다.

결국 모든 이야기 속 당신의 이야기가 빛나길 나는 응원한다. 스스로 자신의 껍질을 깨고 나올 때 그 씨앗이 틔운 싹이 맺는 열매가 강하고 귀하다는 걸, 신은 알고 그렇게 만드신 듯하다.

'당신의 귀한 씨앗이 그 껍질을 잘 깨고 나오길 바라고 기도합니다.'

예지몽 꾸는 세실리아

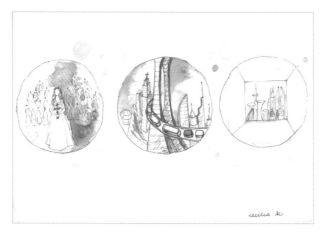

히아신스 평화의 십자가에 핀 꽃과 미래도시 모핀토리

'신성한 피가 열매로 달린 거룩한 나무' 그림

☾ 인생의 맛

나는 꿈을 통해 다른 세계와 만난다.

오늘은 인생의 맛에 대한 깊은 생각에 잠겼다.

어떤 날은 꿈이 생생하게 기억나지만 어떤 날은 아무 기억이 없다.

오늘 밤 꿈속 여행 중 기억이 또렷하면 나는 꿈의 신을 찾아가 물어볼 것이다.

흐릿한 공간이 빛으로 차더니 묘한 빛이 나는 환한 색 옷을 입은 꿈에 신의 모습이 보였다.

오늘도 꿈에서 보네요.

그분은 아무 말 없이 귀여운 손녀를 보는 듯한 옅은 미소가 띤 얼굴로 내가 묻는 말을 들어주었다.

궁금한 게 있어요.

인생은 쓴맛, 단맛, 싱거운맛, 기가 막히는 맛 등이 있죠….

우린 요리를 할 때 그 맛을 조절할 수 있어요.

그럼 우리의 인생의 맛도 조절할 수 있을까요?

저는 단맛이 좋아요!

꿈의 신은 미소를 머금은 채 대답했다.

단것만 먹으면 병에 걸리고 감정 기복이 심해지고 참을성이 없어진다네.

짠 것만 먹으면 혈액이 탁해지고 건강에 좋지 않아.

매운 것만 먹으면 위가 쓰리고 아프다네.

싱거운 맛만 먹으면 먹는 재미가 없지.

정답이 되지 않았나?

인생도 그렇다네.

인생에 쓴맛도 보고, 매운맛도 보고, 싱거운 맛도 보고, 짠맛도 봐야 너의 인생이 진정한 맛이 된다네!

그러니 너무 슬퍼 말게나.

결국 그렇게 살아가는 인생이 감사함도 알고 겸손함도 아는 건강한 인생이라네.

난 자네가 인생에 대해 늘 고민하고 사람들에게도 잘 사는 방법을 알려 주고 싶은 마음을 고마워한다네 그래서 내가 너를 선택한 걸세.

앞으로도 종종 꿈속에서 나를 찾게나.

흐릿한 꿈속 여행이 연극 공연의 막이 내려지듯 나는 서서히 꿈에서 깨었다.

어느 날은 기억이 나지 않지만 어느 날은 또렷한 기억과 나에게 어떤 세상 너머의 다른 세계에서 우리가 이 세상에서 잘 살아가야 함을 꿈의 세계 안에서 힌트를 주고 있는 듯하다.

이 대화 글은 글을 쓰다 어느 날 문득 왜 신은 모두에게 공평하게 행복과 슬픔을 인생에서 겪게 하셨을까?

　생각하며 길을 걷다 떠오른 생각을 적어 본 글이다.

　인생은 짧다.

　짧은 인생 즐기기만 하면서 산 사람의 죽음은 초라하다.

　우리가 무엇을 쌓아야 하고 어떻게 살아야 하는지 고민해 보고 바른 길을 걸어갈 수 있도록 기도해 보자.

　그리하면 당신은 답을 얻게 될 것이다.

　따뜻한 마음으로 행복하게 살아갈 수 있으며 죽음으로 영원한 행복을 맞이하러 갈 수 있을 것이다.

　한낱 시들어 떨어져 버리는 낙엽 같은 인생에 악하게 인생길 걸어가며 살아가지 말고 영원한 것을 위해 살아가라.

　많은 과학자들은 세상이 어떻게 이루어지고 어떻게 유지되는가를 분석하여 사람이 살아가는 데 과학적 효능을 입증하거나 기술 발견의 힌트를 얻기도 한다. 과학이 우세한 것 같지만 결론적으로는 자연에서 얻은 원료를 이용해서 살아간다. 디자인도 마찬가지다 가장 아름답다 말하는 디자인이나 작품들도 자연에서 영감을 얻은 것이 많다. 그렇게 여러 분야 걸쳐서 자연은 우리에게 많은 것을 보여 주고 알려 주며 먹여 주고 키워 주는 것을 알게 된다. 신기하게도 자연에서 보게 되는 공생관계, 기생 관계, 사회적 동물들의 모습은 작은 곤충들에서도 바닷속에서도, 밀림에서도, 산에서도, 하늘에서도 볼 수 있다. 그리고 인간

　　　　　　　　　　　　　예지몽 꾸는 세실리아

세상에서도 같은 체계를 볼 수 있다. 이것이 어찌하여 진화론에 의해 자연적으로 흘러가고 있는 현상이라고 말할 수 있겠는가?

세밀하게 계획된 것 같은 신비로운 세상이 과학적으로도 증명되고 있는 사실임에도 우리는 그것을 크게 들여다보지도 생각하지도 않는다.

인간이 무엇이든 만들 때는 그만한 이유가 존재하는 게 대부분이다. 살면서 끊임없이 목적성을 가지고 살아간다.

이처럼 이런 세상의 이치를 만든 신의 목적이 무엇일까?

나는 궁금했다.

하늘의 동물을 관찰하고 학습할 수 있으며 바다의 동물도, 땅의 식물도 모두 들여다볼 수 있는 지구상에 가장 특별한 존재로 만든 인간은 신이 만들었을 때 귀하게 생각해서 만들었음을 느끼게 된다.

왜 인간을 이 세상에 보내셨을까?

그 어느 누구도 완벽하게 행복만 가지고 있는 사람이 없다. 또한 모두 지구의 자전 속에 낮과 밤 24시간을 가지며 반복되는 시간과 계절 속에 서서히 나이 들어간다.

모두가 삶 속 시련이 있으며 행복도 있다. 그리고 인간은 누구나 불안하다. 그 불안을 잡아줄 무언가를 찾도록 만들어졌다는 생각이 들었다.

왜냐하면 어떤 이는 금전적인 능력은 뛰어나지만 늘 채워지지 않는 공허함과 불안에 약의 힘을 빌리든 신을 믿든 술에 의존하든 계속해서 안정을 찾기 위한 여러 방법을 찾는다.

부모의 말에 의존하거나 어떠한 답도 찾지 못하지만 공허함 속에 술이나 마약 등에 의존하며 살아가는 이들도 있다.

이처럼 인간은 끊임없이 마음에 공허함과 불안을 채우려는 심리가 있다.

인생을 살아가며 행복도 있었고 때때로 찾아오는 슬픔과 절망 속에 헤매기도 했었다. 슬픔은 이제 그만이고 싶었는데 또 다시금 슬픔이 찾아오길 반복했다.

인류가 생겨난 이래로 반복되어 오는 현상들이다. 길고도 고된 인류의 여정의 끝에 가장 이상적인 방법은 신을 믿는 것에서부터 시작된다.

보이지 않기에 더 무한한 사랑을 느낄 수 있다.

인간은 자신이 갖고 있는 것에 만족하길 어려워한다. 친한 친구가 전학 가고 나서야 친구의 빈자리를 느끼고 늘 옆에 있었던 가족을 잃고 나서야 그 존재가 나에게 얼마나 컸었는지 알게 된다.

내 곁에 보이는 존재로 있는 것에 대해 당연한 것으로 착각하고 다른 새로운 것을 찾아 방황한다.

그래서 신은 보이지 않는 것일까?

신이 찾은 최고의 방법은 보이지 않는 영으로 오시어 신을 믿고 불안한 마음을 곧게 하여 내 삶을 살아가다가 마침내 얻게 되는 영원한 복을 받으러 영의 세계로 나아가게 하는 것.

그것이 신의 계획일까?

'성령에 대한 이해는 구약성경에서부터 찾을 수 있습니다. 구약성경에서는 하느님의 영을 숨, 얼, 바람으로 표현하고 있습니다. 천지창조 이전에 하느님의 영이 감돌고 있었는가 하면(창세기 1:2), 주 하느님께

　　　　　　　　　　　　　　　　예지몽 꾸는 세실리아

서 흙의 먼지로 사람을 빚으신 것에 생기가 넘치고 활기차지만, 하느님의 숨이 없어지면 이 모든 것은 생명력을 잃고 맙니다. 성령께서는 우리를 깨끗이 정화시키시고, 생명을 주시며, 하느님께 대한 뜨거운 열정을 불 붙여 주시고, 자유와 평화를 주시는 분임을 나타냅니다.' (예비신자 교리서 p169)

이처럼 하느님의 숨으로 이 땅에 모든 것들은 생명력을 가지고 존재하는 듯 보인다.

사실 나는 어릴 땐 교회를 다녔고 결혼해서 성당을 나가게 되었고 가끔은 산 중턱에 자리 잡은 절에 들어가 보기도 한다. 사이비라 불리는 교회 예배당 안에도 들어가 보았다. 그냥 다 잘 지어진 건물이었고 자신이 가진 믿음으로 봉사하는 사람들의 노력들로 그곳들은 자리를 이어나가고 있었다.

그리고 그곳들에는 선한 이들만 있는 곳도 아니었다. 그래서 나는 온전히 믿는 분은 하느님이다. 사람은 함께 살아가는 협력자이지 믿는 대상이 아니다.

나의 이야기는 직접 체험한 현상을 글과 그림으로 표현했다. 허구가 아니다. 그러나 난 이 글을 보는 이도 소중하기 때문에 각자 자신이 지닌 빛으로 하느님과 연결되길 바란다.

그것이 평화로운 것이다. 두 팔 벌리고 기다리시는 하느님을 맞이하러 나아가길….

그리고 세상엔 믿음이 있든 없든 선한 사람이 많다. 그들을 불안하게 하는 이들은 누군가를 해롭게 하는 일을 멈추길 희망한다.

한 나라의 지도자는 그 안에서 자신의 권력을 유지하기 위해서 피를 보는 일도 서슴지 않는다. 그러나 자신이 속한 나라는 세계 속에 아주 작은 나라에 불과하며 우주 속에 모래알만도 못하다. 그 작은 모래알만 한 나라에도 지도자가 있는데 이 광활한 우주에 통치자 신이 있는 줄은 왜 모르는가? 그분이 자기 자신만을 위하는 모래알보다 못한 작은 나라의 왕을 어떻게 심판할지….

사이비 종교의 교주가 있을 곳을 보여 주었었다. 비유였을지, 그가 죽고 그의 영혼이 가야 할 곳일지, 그곳은 땅속 깊이를 가늠할 수 없는 깊은 곳, 빛이 없는 곳이었다.

죄의 값을 영원히 치러야 하는 영원한 감옥이라면 얼마나 절망이지 않은가?

세상의 문이 열리면 영혼들이 세상 속으로 들어왔다 간다고 했다.

영원한 감옥에 갇힌 영혼들은 그런 기회 조차 없을지도 모르겠다.

이제는 사람을 세뇌시켜 군림하고 잔인하게 인간의 자유를 빼앗는 폭력적이고 잔인한 행위가 끝나길 기도한다.

그 누구든 그런 범죄를 저지른 이는 신이 그 죄를 더 가혹하게 벌하게 되는 사후세계를 더 두려워해야 할 것이다.

지키기 위해 무기를 들고 자신의 이익을 위해 다른 이들의 손해는 무시되어야 하는 세상이 아니라 상대가 필요한 걸 내어 주고 도움 받은 상대의 마음을 열어 서로 필요한 것을 나누는 서로 돕는 세상이 되길 기도할 것이다. 얼마 전 아이들 학교에서 운영되는 독서모임에서 《하퍼리 앵무새 죽이기》라는 책을 함께 읽었다. 같은 책을 함께 읽고 같은 이야기를 나누는 기쁨을 경험했다. 그리고 책은 여러 사람이 읽었는데 감명 깊게 마음에 새겨진 글은 비슷하다는 게 신기했다.

> '타협이란 서로 양보해 합의에 이르는 것, 누군가를 이해하려고 한다면 그 사람의 입장에서 생각해야 하는 거야. 말하자면 그 사람 살갗 안으로 들어가 그 사람이 되어서 걸어 다니는 거지.' (《하퍼리 앵무새 죽이기》 中)

보통의 사람들은 자신이 조금 손해 보더라도 누군가에게 상처를 입히거나 부딪히는 걸 조심하려고 한다. 그러나 세상은 '큰 목소리 내는 사람이 잘못을 해도 이길 수 있다.' '배려하는 삶을 실천하는 사람은 바보 같은 사람이다.' '주위에서 업신여긴다.'라고 주의를 준다. 책에서 말한 것처럼 타협은 서로 양보해 합의에 이르는 것.

조금 손해 보더라도 서로가 좋게 타협하게 된다면 좋을 듯한데 누군가를 이용하는 몇몇 사람들로 인해 더 이기적이게 되는 삶을 살아가게 되는 듯하다.

지혜가 있는 자들이 신비롭고 아름다운 평화의 힘으로 서로 도우며 사랑하며 살아가게 되길 바라본다.

사람은 믿을 게 못 된다고들 한다. 나도 물론 경계하고 살지만 세상 70% 이상의 사람들은 선한 마음을 지키며 살아가고 있다고 믿고 싶다.

그리고 욕망에, 미움에, 악에 방황하는 사람들 30% 품고 사랑이 물들어 나머지 30%의 사람들도 그 안에 선한 하느님의 씨앗이 꽃피우길 바란다.

얼마 전 가족들과 증평에 여행을 갔었다. 산으로 둘러 싸인 그곳의 밤하늘에는 도시에서 볼 수 없었던 별들이 보였다.

하늘에는 수많은 별들이 반짝거렸다.

신기하게도 그 많은 별들은 크기도, 빛의 밝기도 저마다 제각각이었다.

각각 다르지만 저 하늘 위 우주 공간에 떠 있는 별과 그 별을 바라보며 자신의 꿈도 빛나길 바라는 희망을 지니고 살아가는 사람들….

별에게도 마음이 있다면 별들이 내려다보는 사람들의 저마다의 삶도 아름답게 빛나길 바랄 것 같다.

많은 사람들 하나하나가 지닌 빛이 더 드러나게 되길 바란다.

별의 빛나는 빛이 사람들 마음에 울리듯 아름답게 살아가는 사람들 삶의 빛이 별들에게도 닿기를….

이 지구가 조화롭게 살아가는 사람들로 빛나기를….

나에게 일어난 기적과 환시들은 신비롭고 나조차도 믿기 어렵지만 나에게 일어난 사실들을 들여다보지 않으면 안 될 강한 무언가 있음이 확실하다.

구름 속에 가려졌지만 그것은 엄청난 것이었다. 우리가 사는 세상에 완전하게 드러나지 않는 이유 또한 있을 것이다. 그래서 많은 이들은 이 같은 미스터리한 이야기들을 누군가는 듣고 흘려버릴 것이고 누군가는 믿을 것이고 누군가는 믿고 살아가는 방향에 이정표로 삼을 것이다.

더 이상의 슬픔도 없고 더 이상의 고통도 없고 돈과 권력에 구속되지도 않고 언제 닥칠지 모를 재난과 죽음의 공포에서 벗어난 천국이 있다면 인생 끝 마지막에 그곳에 도착할 수 있다면 그곳에서 영원히 살아갈 수 있다면 어떨까?

그곳은 햇빛이 비치어 색이 드러나고 빛나는 곳이 아니었다. 초록의 나무도, 날개 달린 하얀 말도, 신 같아 보이는 분도, 하얀 바닥도 빛을 받은 것이 아니라 빛을 내는….

빛이 나는….

빛나는 모든 것들로 채워진 세상이었다.

지구상에는 200여 개의 나라가 있으며 민족은 그보다 훨씬 많다.

2021년 기준 전 세계에 통용되는 언어는 7,139개에 이른다고 한다.

전 세계 종교의 수는 4,200개로 추정된다.

그런 우리는 인간이다.

무엇이 어떠하다고 하나로 이야기할 수는 없지만 우린 지구상에서 숨 쉬고 물을 마시며 집단을 이루고 살아가는 사회성을 지니고 있는 인간이다.

비슷하지만 서로는 다르고 각자의 개인의 사고를 가지고 살아간다. 그리고 서로는 개개인의 다름을 존중해 주되 타인을 해하지 않는 도덕적 관념을 가지고 함께 살아가게 된다.

이 수많은 다름을 지니고서도 우린 지구에 살아간다는 것.

많은 종교가 있지만 우린 언젠가 죽는다는 것.

모두는 다르게 생겼고 다른 삶을 살지만 세계인 모두는 인간이며 각자의 인격체가 있으며 모두는 동그란 이 지구에서 탄생되었다.

어찌 보면 참 단순하게 정리되는 게 재미있다.

"세상은 눈에 보이는 게 다가 아니다."

하늘을 보면 끝이 없는 것 같은 무한한 하늘의 광활함이 느껴진다.

인류가 로켓과 위성을 이용하여 우주 공간에 진입하며 활발히 연구하는 중이고 과학 기술의 비약적인 발달에도 아직도 우리가 아는 것은 저 우주의 아주 작은 일부분뿐이다.

또한 우리는 과학적으로 증명되지 않았으나 기이한 현상들, 미스터리한 역사들도 오랜 세월 지속되어 왔다. 어릴 적 들었던 전래동화에서도 나오는 이야기들이다. 눈에 완전하게 드러나지 않는 세계는 끊임없이 말한다. 선하게 살라고….

눈에 명확히 드러나지 않는 미스터리한 죽음 이후의 삶은 어쩌면 해가 떠 있으니 낮이고 달이 눈에 보이니 밤인 줄 아는 것처럼 너무나도 쉽게 다가갈 수 있는 진실이 있을 것이다.

서로 다르게 생겼고 사용하는 언어도 사는 곳도 다르지만 표현하는 언어만 다를 뿐 표현하는 그 속의 뜻은 비슷하다.

세상의 많은 종교가 있지만 그 많은 종교의 의미 속 하나가 있다는 걸 믿으라고 하셨다.

내가 본 미지의 세계에서 우리는 태어나고 삶을 살다가 죽으면 가게 되는 세상이 있다고 했다.

인간이 살아가는 동안 겪게 되는 수만 가지의 불안과 행복 속에 좌절도 하고 싸우기도 하고 이긴 자와 가진 자가 있지만 결국 우린 인간이며 하나에서 낳은 형제요, 자매일 수 있다. 모두는 죽고, 죽음 이후의 영혼으로써 살게 되는 영원한 삶을 맞이하게 될 것이다.

그것이 진실이라면 우린 좀 덜 싸울 수 있지 않을까?

서로 좀 더 존중하며 살아갈 수 있지 않을까?

많은 불안 속에 구원의 약속을 하신 한 분이신 하느님을 믿으면 얻게 되는 평화가 모두에게 공평하게 내려지기를 희망해 본다.

당신이 어느 나라에 있든 당신이 어떤 종교에 있든 모두는 한 분이 낳았다는 걸 즉, 모두를 사랑하신다고 말씀하신 듯했다.

나는 세상이 가진 진실을 모른다.

함부로 안다고 확실하게 선언하지도 않을 것이다. 다만, 나에게 현실적으로 믿기 어려운 초현실적인 경험을 했으며 많은 사람들에게 알리라는 신이 내린 숙제가 있었기 때문에 내가 경험한 이야기들을 전한다. 무엇이 맞고 틀리고는 죽음 뒤에 알게 될지 모른다.

바로 이렇게 이야기하셨다.

모두는 하느님이 낳았느뇨, 하느님을 믿으면 구원받을 수 있다.

세상의 모든 종교는 누가 더 잘한다기보단 모두 각자 잘하고 있으나 서로 화합해야 할 것 같다. 어쩌면 그것이 진짜 열쇠를 찾을 수 있는 길일지도 모른다.

천국의 열쇠는 각 종교의 문화를 존중하며 화합하는 데에 드러날 수 있는 것이길 바란다.

자신을 높이는 자가 아니라 낮추는 자가 높아진다 하듯 자신의 종교가 우월하다는 종교보다는 서로의 이야기를 들어주며 화합하여 친교를 나누는 자세를 지닌 종교가 천국처럼 스스로 빛을 내는 종교가 되지 않을까 한다.

세상의 종교들은 저마다의 아름다움을 지니고 있다. 자신들이 생각한 신을 사랑하는 마음으로 지어진 성전들 또한 아름답다. 그 사랑을 내가 믿는 종교와 다르다고 부정할 수만은 없다.

그러나 종교를 이용해 누군가에게 희생을 강요하는 종교는 바뀌길 바라본다. 부모님은 자녀들이 잘살기를 바란다. 너희들이 잘살기를 바라지 큰 효도를 바라지도 않는다. 많은 액수의 돈을 바라지도 않고 자녀가 밥 사 먹을 돈도 없이 궁핍해 지길 원하는 부모는 없을 것이다.

그러나 간혹 종교를 이용해 모든 재산을 빼앗고 신자의 자녀마저 성노리개로 삼거나 건강한 교육조차 받지 못하게 하는 곳이 있다. 신자들에게 편취한 돈으로 사업체를 운영하고 그 사업체를 본인 자녀에게 물려주면서 신자의 자녀는 어린 나이임에도 벽돌 나르는 일이며 온갖 궂은일을 시키는 걸 몇몇 방송에서 접하곤 한다. 같은 인간으로서 그런 종교에 대해 적법한 처벌을 받을 수 있도록 제도를 마련해야 한다고 생각한다. 그곳에서 세상과 단절되고 고립되어 무엇이 맞는지 스스로 생각하는 게 아니라 강요로써 억압받고 살아가는 이들은 사실 보호받아야 할 만큼 정신도, 마음도 여리고 순수한 사람들이 많다.

예지몽 꾸는 세실리아

또한 천국의 열쇠는 모두가 하늘을 바라볼 수 있듯이 보편적이고 공평하게 주셨을 거라고 생각된다.

교회에서 우리는 하느님의 자녀라고 교육받았었다.

내 꿈에서도 모두가 하느님이 낳았느뇨 하느님을 믿으면 구원받을 수 있다고 말씀하셨다.

나는 세 아이의 엄마다.

나의 아이들 모두에게 집에 들어올 수 있는 열쇠를 주었다.

그러니 신도 그러하지 않을까? 생각한다.

모두에게 천국에 들어올 수 있는 열쇠를 가질 능력을 주셨을 것이다.

기도는 하느님과 빛의 속도보다 빠르게 연결된다고 배웠다.

어느 날 남편이 웃으며 들려준 이야기 속에 남편이 군 시절 휴가를 나왔는데 집이 이사를 해서 새로운 집은 엄마에게 전화로 물어서 알고 찾아 갔다고 했다. 그러면서 어린 아들에게 장난으로 '너 군대 가면 이사갈 거다.'라고 한다. 연락을 할 수 없다면 집이며 집 비밀번호는 모를 것이다.

그러니 우리가 하느님의 자녀임을 믿고 기도로 연결되어 있다면 죽고 나서 우린 천국 가는 길을 안내 받을 수 있지 않을까?

모두가 하늘을 볼 수 있듯 하느님의 사랑은 무한할 만큼 열려 있는 사랑일 듯하다.

하느님을 믿고 감사하며 겸손한 마음으로 살아간다면 육신의 삶이 끝나고 영의 삶으로 바뀌었을 때 자신이 갖고 있던 열쇠를 찾고 천국이라는 빛이 흐르는 집으로 돌아가 영원한 안식을 가질 수 있지 않을까?

모든 종교는 그곳의 아름다움을 지니고 있으며 역사적으로 왜곡되고 덧붙여진 부분이 있을 것이다. 그러니 누군가 따져 묻는다면 어떤 종교가 확실히 진짜라고 말하기 어렵다.

그렇다고 무엇이 아니라고 말하기도 어렵다. 그래서 우린 기도해야 한다.

우리에게 숨을 불어넣어 주신 분께 하는 기도로써 연결되어야 한다.

단지 나는 그때 그런 생각을 했고 이런 꿈을 꾸었었다. '내 꿈들이 현실과 이어지는 일들이 다수 있었기 때문에 알리는 바이다.'라고 조심스럽게 이야기로 전해 본다.

내가 나무라면 누군가는 내가 떨군 나뭇잎을 책 속에 고이 간직할 테고 누군가는 내가 떨군 나뭇잎을 밟고 지나갈 것이다.

그 모두에게는 각자 나름대로 생각할 권리가 있고 난 그들의 생각을 충분히 존중해 주어야 한다.

우리는 신비로운 생명력을 지닌 동그란 지구에서 함께 살아가야 하기 때문이다.

광활한 우주에서 우리가 사는 동그란 지구는 작고 귀여운 구체이다.

우린 어릴 적 모두가 작고 사랑스러웠다.

그리고 순수했다.

작은 일에도 활짝 핀 꽃처럼 웃었다.

길가에 핀 작고 예쁜 들꽃처럼….

그렇게 마음껏 순수하게 활짝 꽃피는 세상이 되길….

예지몽 꾸는 세실리아

내가 겪은 일들을 글로 쓰기 시작한 지 올해로 4년째이다. 그동안 여러 시도도 해 보고 노력한 결실이다. 책을 출판한 적이 없었기 때문에 누군가 도와주길 바랐지만 큰 도움을 얻지는 못했다.

읽는 사람이 읽기 편하며 거부감이 없었으면 해서 여러 출판사의 문을 두드렸지만 계약을 하겠다는 답변을 얻지는 못했다.

나름의 노력을 했지만 쉽지 않아 결국 자비출판을 선택하여 진행하려던 중 수중에 있던 현금을 써야 하는 일이 생겼다. 그 일은 기다리던 일의 결과였기에 기쁘게 돈을 썼지만 문제는 자비출판할 돈이 없었다. 그래서 찾아보던 중 무료 출판해 주는 출판사를 찾았고 그곳에 글을 보내기로 결심한 날 밤 꿈을 꾸었다.

꿈에 비단결같이 고운 털을 가진 갈색 말을 물에 띄워 어딘가로 보냈다. 그 말이 가진 자태가 고귀하고 꼿꼿하게 뻗은 다리며 다부진 근육이며 명마로 보이는 말이었다.

그 말이 내가 키운 말인지 내가 어떤 일을 하고자 맡은 말인지 모르나 말을 띄운 나무판자가 위태롭더니 결국 말이 타고 있는 나무판자가 반으로 쪼개어졌다.

그래서 그 말을 재빨리 데리고 왔다.

이 귀한 말을 물에 띄어 먼바다로 보내야 하는데 부실한 나무판자를 보고 이상해서 튼튼한 배에 다시 태워 보내야지 생각하며 일을 수습했다.

그리고 내가 졸업을 한다며 그 윤기나는 말이 사람의 모습으로 된 건지 한 청년이 되어 있었다.

나는 이렇게 헤어질 거면 내가 더 잘해 주고 잘 지낼 걸 후회하고 울며 졸업해야 하는 꿈을 꾸었다.

꿈에서 깨고 기름이 한 올 한 올 입혀진 듯 윤기나던 털을 가진 갈색 말의 모습을 잊을 수 없었다. 내가 졸업하려던 건 내가 쓴 글일지도 모른다고 생각되었다. 혼자 4년을 매달린 책은 이제 더 읽어 볼 수 없을 만큼 지쳐 있었다.

그래서 그동안 썼던 내용들을 정리해서 무료 출판 사이트에 올리려 했는데 위태롭게 나무판자에 띄어 먼바다를 건너기엔 고귀해 보이는 갈색 말 꿈을 꾸고는 출판 방향을 바꿨다.

그리고 좀 더 고민해 보기로 했다.

출판 경력 20년 차 편집장의 책쓰기 강의를 연다는 글을 온라인 광고판에서 접하고 예약을 한 뒤 무작정 열차표를 구매해 20년 차 편집장을 만나러 서울로 갔다.

출판 업계에서 잔뼈가 굵어진 편집장의 출판 강의는 출간을 앞둔 나에게 꼭 필요한 강의 내용이었다.

그분에게 검토받았으면 하고 출력해 간 출간 기획서와 책 내용의 일부분을 보여 드렸다.

멀리서 오셨는데 답변을 드리겠다며 연락처를 남기고 가라고 하셨다.

그리고 얼마 뒤 그녀의 연락을 받았다. 나의 다소 격양되고 두서없는 통화 내용에도 그녀는 친절하게 의견을 제시해 주었다. "종교 관련 서적은 출판사에서 계약하자는 제의를 받기 어려울 것입니다."

요즘엔 독립 출판을 쉽게 진행할 수 있는 사이트가 있으니 그쪽으로 출간을 해 보라는 의견을 받았다. 원하던 답변은 아니었지만 책의 제목을 짓는 데 좋은 팁을 얻었다. 결국 친언니에게 도움을 받아 자비 출판으로 출판하기로 결정했다. 모든 걸 혼자 해야 하는 것보단 이 길이 최선책인 듯했다.

본문엔 꿈의 내용들 중 현실로 일어난 일들 위주로 작성했다.

그리고 덧붙이는 기록으로 글을 쓰는 4년 동안 꾸었던 핸드폰에 그때그때 저장해 둔 꿈 내용이다. 신은 나에게 천국도 보여 주시고 실제보다 더 생생한 꿈을 경험하게 했고 분명 많은 사람들에게 알리라고 하셨다. 나는 내가 잘 해낼 자신이 없어 그동안 여러 번 기도했었다. 덧붙이는 글은 어쩌면 내가 이 책에 넣어야 했을 중요한 내용을 빠트리지 않기 위해서이다.

2021년 7월 14일,
꿈에 어린 여자였다가 성인 여자로 변한 여자가 내 이마에 V(브이)

가 보인다고 엄청 뛰어난 복이 있다고 victoria라며 승리할 거라나 잘 될 거라나 기억이 났었는데 기록하려니 가물가물하다.

그러면서 가인이는 결혼 못 할 거라고 했다. 내가 놀라며 안타까워하니 "결혼했음 좋겠어?"라고 묻길래, "그 친구의 운명이라면 바뀔 수 없는 거 아닌가요?"라고 되물어 보면서 잠에서 깨어났다.

(꿈속에서 만난 여인의 목소리가 아름다웠다.

가인이는 내가 힘들 때마다 마음을 쓰며 함께해 주었던 친구인데 마흔이 넘어서도 결혼을 못 했다. 예쁜 얼굴에 마음씨 고운 친구인데 일하느라 못 했다.

주변에 괜찮은 사람도 많았는데 일하느라 다 놓쳤다. 그래서 회사까지 그만두며 배우자를 만나려 준비했는데 쉽지가 않다며 힘들어해서 미사 때 가인이의 결혼을 위해 기도드렸었다. 두세 번 정도…

그 기도를 들은 천사가 찾아와 답변을 준 건지 천사와의 대화처럼 목소리가 감미로웠다. 그리고 놀랍게도 2022년 10월 22일 가인이가 한 살 오빠에 선한 남자와 결혼했다. 그 결실은 본인이 노력한 결과일 것이다. 나의 기도가 조금이라도 도움이 되었길 바란다.)

2021년 7월 16일,

한 달 전인가 꿈에 누군가 나에게 지혜가 있는 초인? 뭐라 했는데 기억이… 세상의 이치를 아는 사람?

신의 뜻을 아는 사람? 귀인?

2021년 8월 13일,

세상이 불에 타 인간도 생물도 모든 것이 없어진 듯 잿빛인 세상 속에서 비닐하우스에서 근근이 사는 소수의 사람들이 있었다. 그마저도 나쁜 무리가 완전히 무장한 보호복을 입고 열 화상 카메라 같은 물건을 들고 남은 사람들을 찾아다녔다.

냉장고에 얼른 숨으라고 주변에서 알려 줘서 냉장고에 숨었다. 냉장고는 음식이라곤 없고 숨기 위한 용도로 사용되는 듯했다. 그리고 그 나쁜 무리가 지나간 다음에 우주선이 내려왔다.

식물의 씨앗이 있으면 탑승할 수 있다기에 내 손에 든 배추 같은 채소를 보여 주고는 우주선에 탑승했다.

2022년 1월 8일,

기도하자. 하늘에서 구름을 뚫고 빛이 내려오니 머리에 꿈틀대는 것이 가득 있었다.

막내와 내 머리.

유명한 분이 오기로 해서 남자가 잠실로 가라고 함.

2022년 5월 16일,

한강변 아파트가 위태로워 보였다. 홍수 나서 잠길 듯 말 듯.

2022년 5월 31일,

세상을 뒤덮은 구름.

오존층이 뚫렸다.
세상에 나와야 할 이야기를 빨리 써야겠다 하는 꿈.

2022년 6월 24일,
갈색 소가 학교에 들어옴.
너무 놀라서 숨어서 신고하려는데 동그랗게 털 색이 베이지 톤도 있
는 아이보리 색인 소가 나를 안았다 빠르게.

2022년 6월 26일,
서울이 폭우로 잠기는 꿈.

2022년 8월 11일,
섬나라에 폭탄 터지는 꿈.

2022년 9월 24일
중국 고급 호텔 인근 화산 폭발 하는 꿈.

2023년 3월 30일,
꿈에 곳곳에 불기둥과 검은 연기가 하늘로 솟아 오르며 그 검은 연
기가 집에까지 밀려오고 있었으나 집 앞에서 멈췄는지 가족은 무사했
고 혼란은 잠잠해졌다.

2023년 5월 21일,

지난주 아버지께서 50대쯤부터 시작된 신장병이 74세가 되시니 더 진행되어 결국 신장 제거 수술을 받으셨다. 차로는 5시간, 대중교통으로 3시간 떨어진 곳에 사는 나는 이번 주말 혼자 아버지를 만나러 친정에 왔다. 아버지께서 퇴원하셨는데 상태가 어떠하신지 도울 일을 도와드려야겠어서 왔는데 아빠는 계단도 잘 오르시고 식사도 잘 하셨다. 멀리서 기도로만 수술이 잘 되길 기대했는데 예상보다 좋아 보이셔서 기뻤다. 2박 3일 동안 친정에 머물며 오래 묵은 먼지들을 청소했다. 그리고 아빠와 이런저런 얘기를 나누다가 2012년 시할아버지 돌아가실 때 꿈에서 보았던 신기했던 이야기를 들려 드렸다. 앞에서 언급했던 (story 4 예지몽) 그 얘길 말씀드리며 죽음으로 끝나지 않는 영의 세계가 있는 것 같다. 먼저 세상을 떠난 사랑했던 사람들을 만나러 가는 일일 수도 있으니 죽음이라는 것이 좀 더 편안하게 받아들일 수도 있는 것 같다고 말해 드렸다. 아버지는 내 이야기를 신기해하시면서도 딸이 말하는 현실적이지 않은 이야기에 대해 너무 깊게 생각하지 말라는 말을 해 주셨다. 이것은 내 일상에 어쩌다 가끔 일어나는 작은 일부분일 뿐이다. 걱정 마시라고 했다. 그리고 오후에 남동생과 커피를 마시며 내가 곧 책을 낼 거라고 알려 주었다. 남동생은 친구들에게 말해 줘야겠다 하길래 이게 일반적인 스토리가 아니라서 이상하게 생각하는 사람도 있을 것이니 혼자만 읽어 보라고 말하며 웃긴 일이라며 내가 겪은 일들을 포장했다. 엉뚱한 일인 것처럼 말했다. 10년 넘게 겪고 있는 나조차 이 일을 부끄러워하는 나 자신이 이 일을 알리겠다고 책을 쓰고 있으니 마음속에서조차 정리하지 못한 일이구나 싶었다. 책을 쓰는 4년 동안 여러 번 내 이야기를 부끄러워하고 있음을 자책했다. 신비로운 경험이며 영광스럽게 느끼면서도 현실을 살아가는 내가 들어내기엔 부끄러울 수 있다는 조심스러움이 내 속에서 자주 충돌했다. 그러나 이제는 이것은 영광스러운 일이며 숨지 않기 위한 노력을 해야겠다는 결심이 섰다.

세상에는 나와 같은 일을 경험하는 이들이 많을 것이며 신비한 경험을 나는 알려야 하는 기쁜 일을 하고 있음을 나 스스로 한 계단 올라가고 있다. 그동안은 빛의 공간에서 들려주신 신의 음성을 전달해야 하는 숙제를 마지못해 하고 있었다면 이제는 내가 겪은 일이 은혜로운 일임을 알고 빛나는 열매를 맺는 여정의 시작이라고 받아들일 것이다.

이날 또 한 번 멋진 꿈을 꾸었다. 꿈에서 깨고 나면 이불 위에 자고 일어난 헝클어진 머리를 한 나로 돌아오는 일이 허무함을 같이 가져오지만 꿈이 가진 내용이 신비롭다.

꿈 내용,

꿈을 꾸고 있는 생생한 꿈속에서 나는 진지했다. 꿈에서 나는 악한 존재들과 싸워야 했다. 장소는 성처럼 생긴 성당 같았다. 옛날 어떤 성인의 관인지 돌로 된 관 내벽에 어떤 무늬가 새겨진 짙은 갈색 띠가 있었는데 그 띠가 가진 영적인 힘이 보여서 그 띠를 신부님 영대처럼 목에 둘렀다. 그러자 커다란 창밖인지 하늘에서 날개 달린 황금 말이 내려와 내 앞에 왔다. 그 말은 자세히 보니 황금 갑옷을 입은 말이었다. 물고기 비늘같이 황금 조각 여러 겹이 말 전체를 덮고 있었다. 그리고 악한 존재들과 싸우려면 무기가 있어야 하는데 내 손에 들려있는 것이 없었다. 그런데 미사를 드리는 성전 앞 성수대에 담긴 성수를 악한 존재가 두려워하는 것이 보였다.

그래서 난 날개 달린 말을 타고 날아다니며 오로지 성수로 악한 존재들과 싸웠고 성전에서 보이는 선한 사람들 이마에 십자가 표시를 손으로 그어 주고 다녔다. 내 손엔 창 같은 무기는 없었다. 오로지 죽은 어떤 성인의 돌 관에서 가져온 무늬가 새겨진 갈색 띠와 성수, 날개 달린 황금 갑옷 입은 말이 전부였으며 선한 이들에게 주는 이마에 십자가 표시가 전부였다. 그리고 날개 달린 말을 타고 빠르게 그 일을 행했으며 열심히 날아다녔음에도 불구하고 그곳은 성당 건물인지 고대의 성인지 비교적 큰 장소였지만 그곳을 벗어나진 않았다. 그렇게 열정적이게 싸우다 잠에서 깨었다.

깨고 나니 이불 속이었다. 그 상대적인 이질감이 잠에서 깨고 나를 허무하게 했다. '현실로 돌아온 나' 그 황금 말은 첫째 아들의 유아세례전 예지몽에서 본 날개 달린 하얀 말처럼 감동적인 영적인 존재의 말이며 그때 이후 십여 년이 지나 오랜만에 꿈에서 마주하게 된 엄청난 일이다. 그리고 꿈에서 보았던 영적인 능력을 가진 그 짙은 갈색 띠에 새겨진 문양을 꿈에서 깨고 노트에 그려 보았다. 놀랍게도 그 문양은 성배 잔 모양과 비슷했다. 짙은 갈색의 띠에 새겨진 성배 잔이 패턴처럼 띠에 일정한 간격을 두고 새겨져 있었다. 성수와 십자가를 이마에 그려 주는 건 세례 때 행해지는 세례식인 듯하다. 악한 존재들과 싸울 유일한 행위는 세례인 것인지 내 꿈을 명확히 해석하긴 어렵지만 놀라운 꿈임이 확실하다. 샛노란 황금 갑옷을 입은 날개 달린 말이 찬란한 황금빛을 품어내며 용맹스러움을 드러내는 모습은 놀라웠다. 지금 나는 책의 마지막 수정 작업을 하는 중이며 황금 갑옷을 입은 날개 달린 말을 이 책이 출간된 이후에 그려서 공개하고 싶다. 그 감동을 눈으로 본 나와 똑같이 전달해 줄 순 없지만 이 신비로운 이야기를 전할 수 있음을 나는 이제 기쁘게 생각할 것이다.

　나의 꿈 내용은 실제로 일어나는 일도 있고 아닌 일도 있다. 그건 누구나 그럴 것이다. 예지몽이야 어떻게 맞춰 보냐에 따라서 신기할 수도 있고 아닐 수도 있다. 내 꿈들에서 가장 중요한 내용은 책에 기록된 세 가지다. 나는 그 내용 말고는 더 이상의 신비로운 꿈을 꾸지 않을지도 모른다.

　그러니 모두는 각자의 자리에서 자신이 해야 할 일을 잘 해내며 감사하는 마음으로 자신의 선한 마음을 지키며 살아가길 응원한다.